A BOCA DA VERDADE

MARIO SABINO

A BOCA DA VERDADE

Editora Record
RIO DE JANEIRO • SÃO PAULO
2009

Cip-Brasil. Catalogação-na-fonte
Sindicato Nacional dos Editores de Livros, RJ.

S121b Sabino, Mario, 1962-
    A boca da verdade / Mario Sabino. – Rio de Janeiro : Record, 2009.

    ISBN 978-85-01-08651-8

    1. Conto brasileiro. I. Título.

                    CDD 869.93
09-2618   CDU 821.134.3(81)-3

Copyright © 2009 by Mario Sabino

Projeto de capa: EGDesign / Evelyn Grumach

Todos os direitos reservados.
Proibida a reprodução, armazenamento ou transmissão de partes deste livro, através de quaisquer meios, sem prévia autorização por escrito.

Texto revisado segundo o Novo Acordo Ortográfico da Língua Portuguesa.

Direitos exclusivos desta edição reservados pela
EDITORA RECORD LTDA.
Rua Argentina 171 – Rio de Janeiro, RJ – 20921-380 – Tel.: 2585-2000

Impresso no Brasil

ISBN 978-85-01-08651-8

PEDIDOS PELO REEMBOLSO POSTAL
Caixa Postal 23.052
Rio de Janeiro, RJ – 20922-970

EDITORA AFILIADA

A MEU PAI, CRONOS ESFAIMADO,
IN MEMORIAM

Non chiederci la parola che squadri da ogni lato
l'animo nostro informe, e a lettere di fuoco
lo dichiari e risplenda come un croco
perduto in mezzo a un polveroso prato.

Ah, l'uomo che se ne va sicuro,
agli altri ed a se stesso amico,
e l'ombra sua non cura che la canicola
stampa sopra uno scalcinato muro!

Non domandarci la formula che mondi possa aprirti,
sì qualche storta sillaba e secca come un ramo.
Codesto solo oggi possiamo dirti,
ciò che non siamo, ciò che non vogliamo.

Eugenio Montale, em *Ossi di Seppia*

SUMÁRIO

INEXISTÊNCIAS

A boca da verdade	13
Das profundezas	19
Essência	29
Dona Olga	35

RECORTES

Ser	41
Taxidermia	45
Genética	47
Não as deixe entrar	49

REPRESENTAÇÕES

Demônio com coração de mármore	55
O grande impostor	89
A visita que Edward Hopper recebeu dois anos antes de morrer	105
Uma palavra	139
Obras do autor	143

INEXISTÊNCIAS

A BOCA DA VERDADE

Fora-lhe um pai sem dentes. Sem dentes que lhe cravassem com força suficiente as marcas da interdição ancestral (fizeram-se necessárias paternidades adotivas); sem dentes que se lhe abrissem em expressões de acolhimento (para esses não existiram dublês). Mas sem dentes, sobretudo, porque mineralmente desdentado o era desde a juventude. A contenção da doença infecciosa havia sido a causa de terem arrancado um a um, ó boticão interiorano, os trinta e dois dentes de suas arcadas antes peroladas (que resistiam num retrato). Dos caninos aos incisivos, dos molares aos pré-molares, deixaram-lhe oca a boca, numa rima de gengivas órfãs a escarnecer-lhe a beleza que não demoraria a fugir. Como era belo o seu pai quando jovem! Um galã, diziam as tias, e de cinema, o clichê enfatizado nos traços mediterrâneos. Sobreviera-lhe, porém, a doença inominada em família (periodontite, decerto) e, assim, se fora a dentição original. Restou-lhe usar a postiça.

De dentaduras substitutas, exige-se que sejam simulacros perfeitos, requerem-se mordidas firmes, esperam-se sorrisos largos, antigiocondos. Não era o que ocorria com a prótese de seu pai. Falta de ajuste, escassez de cola ou, então, gengivas pouco aderentes teimavam em afirmar-lhe a natureza artesanal. E volta e meia ali estava ela, a dentadura, a projetar-se da boca carnuda, ainda mais alva no contraste com a pele azeitonada. Não havia ortodontista capaz de fixá-la a contento, embora seja duvidoso que o portador tivesse buscado tantos assim. Pois agora lhe pesava também a maldição familiar da depressão e da neurose. Impossível saber se existia alguma relação de causa e efeito entre a extinção dentária e o afloramento dos joios psíquicos. Seja como for, aos olhos dos circunstantes, parecia haver nexo — se não determinante, complementar.

A artificialidade da dentadura não impediu seu dono de colecionar belas namoradas, entre as quais a filha do dono de restaurante italiano com quem viria a casar-se. É porque até aquele momento ele insistia em segurar o conjunto solto em sua boca. Uma vez casado, porém, a compostura foi deixada de lado. Adotou o hábito de mastigar os dentes postiços diante de todos — a princípio, inadvertidamente; depois, em obediência à sua compulsão de também destruir-se frente ao mundo, num arco que abrangia desde a provocação doméstica até a aniquilação de sua imagem profissional (era advogado).

Para o filho, a dentadura mastigada — e, num passo seguinte, arreganhada para fora da boca, a mandíbula do tubarão na iminência de avançar sobre a presa — foi, primeiro, motivo de terror. (Houvesse a referência mitológica na infância, seria a de Cronos pronto a devorar a cria.) Na adolescência, ao terror substituíram-se o nojo, a repulsa, o asco — e a vergonha. Menos em sonhos. Neles, o pai-esqualo continuava a persegui-lo, os dentes exteriorizados numa risada muda, os olhos assassinos fechados pela membrana protetora na hora do bote emasculador (tarde demais, o filho viria a saber: a tradução onírica da castração que lhe fora negada e cujo simbolismo se dissolve em realidade).

A vergonha filial ultrapassou a juventude e bateu à porta da maturidade, quando seu pai, isolado na cegueira e viuvez, deixou de ser estigma e virou apenas obrigação. Obrigação de ser visto a cada quinze dias, de ser deparado na senilidade exasperadora e tranquilizadora (porque longe dos olhos do mundo), de ser transportado a hospitais, ora anêmico, ora enfartado, ora roufenho de pneumonias. Ele já não mastigava mais a dentadura — era mastigado por ela. E a dentadura, autônoma, emergia às vezes, como a rir-se da velhice triste de seu hospedeiro.

Por fim, o câncer. No internamento de oxigênios urgentes, impôs-se a retirada da dentadura. Entre as máscaras de plástico que se alternavam conforme a precisão, ele vislumbrava, sempre aberta, a boca edentada do xernatro em forma ainda humana, seu pai. Murcha, com os lábios revirados para o interior escuro, ela também conferia ao doente a expressão de beatitude e idiotia dos macilentos dos últimos dias. Mas não era de santos descarnados, a similitude. Onde tinha visto coisa parecida?

À medida que seu pai definhava, alargava-se a cavidade bucal e desenhava-se a lembrança. Sim, agora estava nítido. Havia sido em Roma: a Boca da Verdade. No tampo de esgoto do império antigo, afixado numa parede externa da Igreja de Santa Maria in Cosmedin, um artesão talhara a figura monstruosa, docemente monstruosa, em cuja boca aberta e desdentada a lenda fazia decepar as mãos dos mentirosos ali enfiadas. Sobreveio-lhe a vontade de enfiar sua mão na boca paterna. Mas que verdade poderia advir do ato insano? Ou que mentira? A verdade de que amara seu pai? A mentira de que amara seu pai?

Um mês depois, o velho morreu. Fecharam-lhe a boca no sorriso composto dos defuntos, e houve quem visse a beleza da juventude ressurgir no rosto quase sem sulcos graças à herança mediterrânea. Na morgue do hospital, o filho assistiu a um funcionário do serviço funerário emoldurar com flores o corpo de seu pai (estranha profissão: fazia-o até com esmero). Realizado o trabalho, o caixão foi levado ao salão onde ocorreria o velório. Na morgue vazia, sobre a mesa em que até havia pouco jazia o cadáver, sobrara um saco plástico. Dentro, a dentadura paterna. Fora impossível colocá-la na boca do morto, que se enrijecera rápido demais, segundo a explicação posterior da enfermeira. Por um instante, o filho pensou em enterrá-la com o pai. Poderia escondê-la sob as flores, ninguém veria... Não, não era digno. O melhor era levar a dentadura para casa e encerrá-la numa gaveta.

Com o saco plástico na mão direita, encaminhou-se para a saída, resoluto. Estacou diante da lixeira ao lado da porta. Destampada, ela oferecia-se em seu truísmo.

E a boca escancarada engoliu a dentadura.

DAS PROFUNDEZAS

— *Como vai o amor, Sófocles? Consegue ainda gozar com uma mulher?*

— *Nem me fale disso! Agora estou livre, e com grande alegria, como se tivesse escapado de um patrão furioso e selvagem!*

Dois mil e quatrocentos anos depois, ali estava o pinguim com a lembrança intacta da anedota da *República* — que, de introdutória, encobrira todo o resto. Naquele momento, solicitado a citar passagem mais relevante do grego, ele titubearia, para a alegria dos avejões que abatera um a um, ano após ano, década após década, até alcançar a vitória que, ora, ora, o metamorfoseara em pinguim com cérebro de pinguim, sem registro preciso do que dissera o Sócrates platônico a respeito dos expulsos da república ideal, os poetas. Meros imitadores, não criadores, tal como era de conhecimento geral e aquém do de um pensador de quem se esperava a palavra exata, proferida no original, contextualizada na obra e circunstanciada na história, ainda mais de aspecto tão banal da filosofia. Como era mesmo aquela frase de Sócrates a Glauco? *Mas na cidade deve-se aceitar da poesia apenas...* Mais um branco causado pela idade? Podia ser, sim, e acentuado pela véspera, iminência, na verdade: não estava ali o pinguim ansioso, pronto a entrar no aquário cheio de outros pinguins? Eram tantos brancos, e tão frequentes, desde que ultrapassara os sessenta, e mais ainda os setenta, brancos de nomes, de nomes de atores e atrizes, de nomes de pintores e escritores, e de operações matemáticas corriqueiras: somar, subtrair, multiplicar, dividir frações, coisas para toda a vida que o obrigavam a rememorar nos livros didáticos, para então tornar a esquecê-las — agora havia internet, ótimo, menos braçal o trabalho, e também para os nomes de atores, atrizes, pintores e escritores, ótimo, ótimo, e para as sete colinas de Roma: Aventino, Campidoglio, Celio, Palatino, Quirinale, Viminale e... merda, não havia computador no camarim.

Anos antes, não muitos, assaltara-lhe o medo do Alzheimer, mas ressonâncias e testes cognitivos garantiram que tudo estava bem em seus circuitos (circuitos, engraçado o neurologista falar assim) — os danos eram desgastes naturais, contornáveis por meio de exercícios mnemônicos perfeitamente idiotas, mas ele não os faria, preferia esquecer (afinal, o esquecimento era atributo dos seres superiores, repetia a *boutade* filosófica aos amigos), e ria-se dos exercícios perfeitamente idiotas quando as lembranças lhe jorravam como na juventude quarentona, e só nos momentos de escassez ele cogitava fazer os exercícios perfeitamente idiotas, levando nessa alternância os seus dias quase octogenários.

Consegue ainda gozar com uma mulher, pinguim? Não gozava havia tempo, muitos tempos, era um homem de muitos tempos, então fazia sentido, algum sentido, a sobreposição da anedota ao todo. Mas só a anedota, nada mais? E se fosse... Esse era agora o seu maior medo, precisava de trecho, se não da *República*, de outros píncaros, dos quais escorregar de volta às profundezas que cavara para si e nas quais se consagrara. Poesia, ficaria na poesia, a *infima doctrina* de Santo Tomás, a bela ressonância que servira de epígrafe a seu primeiro livro:

Poetica non capiuntur a ratione humana...
...Bom mesmo é a boceta da Mariana.

De um lado a outro do camarim, em passinhos rápidos, o pinguim esfenisciformava-se: a boceta da Mariana, que rima estúpida, e não havia Mariana, que molecagem, Santo Tomás e a boceta da Mariana, Santo Tomás e a boceta de qualquer uma, teria Santo Tomás visto alguma boceta na vida? Improvável, ao contrário de Santo Agostinho, este, sim, que gostava, e como: *Não agora, Senhor...* Pinguim, pinguim, essa história de pensar em boceta, pelos anos e no contexto aquele estava longe de ser o momento, a situação era solene, exigia compostura, respeito, imagine só o que pensaria o seu biógrafo se soubesse que ele ficara ruminando sobre bocetas e esquecendo — esquecendo até da epígrafe do seu primeiro livro, esquecendo o essencial, o relevante, e esse esquecimento era um sinal... Porque não era esquecimento, somente, era a anedota de Sófocles, a boceta da Mariana da rima estúpida... Que pavor, o de ser revelado, denunciado em suas planícies, aos avejões e a si mesmo, pavor que ficara mais forte, embora sempre tivesse existido sub-repticiamente, num sempre que talvez abrangesse todos os grandes homens: passados, presentes, futuros. Planos, todos personagens planos. Mas a desconfiança da totalidade não o fazia sentir-se melhor, e sim pior, porque desde o alvorecer de sua consciência ele quisera ser um ponto de inflexão, o melhor, o diferente, o que mergulhara nas profundezas (cavadas por ele próprio), para mostrar a todos, da escuridão abissal, a pedra luminescente da razão redentora, vasculhada também na escolástica descolada do mito divino — a transcendência sem deus. Que portentosa era sua obra, que douto ele era, os avejões o invejavam, os avejões que seriam obrigados a aplaudi-lo à sua entrada no palco e durante e depois do seu discurso. Onde estava o seu discurso?, o pinguim suarento apalpou os bolsos, estava lá na calça, que alívio, mas não, não podia ser, seu pau estava duro, duro como fazia anos não ficava, duro para entrar na boceta da Mariana, duro para foder com qualquer mulher e com sua reputação de homem grave. Precisava murchar aquele pau a qualquer custo, fica mole, filho da puta, amolece, safado, e nada, lá estava ele duro e desafiador, caralho, *cazzo*, como fazê-lo abaixar?, uma punheta, talvez, tocar uma punheta, bater uma bronha, descascar uma bela banana, porque bom mesmo é a boceta da Mariana. Oh, não, outra vez, não. E se o camareiro ou mordomo, sabia-se lá a função do cabelo de milho empavonado, deparasse com um pinguim se masturbando? Ele não correria esse risco, embora o pau continuasse duro, rijo, em riste...

O pinguim sentou-se.

Recorrer ao expediente da juventude era a saída. No que pensaria, vejamos... A morte de sua mãe, quarenta anos antes — a velha arfando, os filhos reunidos, o ar pesado do fim próximo. Concentrou-se, mas a boceta da Mariana continuava lá, à sua frente, agora com um grelinho duro de dar água na boca. Mariana, quem era Mariana? Houvera uma Mariana? Não, Mariana não houvera, mas existira uma Eduarda, quarenta anos atrás, sua discípula em filosofia e putaria, Eduarda e sua boceta, Eduarda e seus peitinhos, Eduarda e sua bundinha redonda, Eduarda e o pensamento em Eduarda enquanto sua mãe morria — a velha arfando, os filhos reunidos, o ar pesado do fim próximo e ele não vendo a hora de cair fora para comer a Eduarda, para melar a Eduarda. A morte de seu pai, então, dez anos mais tarde — seu irmão mais novo escondendo as lágrimas no banheiro do quarto de hospital, o seu outro irmão chorando, "papai, descansa; descansa, papai", e ele, do outro lado da cama, pensando em como vestir o defunto, que gravata escolher e qual camisa, e imaginando o banho relaxante a ser tomado depois do enterro, já livre daquilo tudo, para então ir ao restaurante italiano a duas quadras de sua casa e pedir seu prato predileto: espaguete com molho de azeitonas, acompanhado por um vinho tinto toscano de primeira linha — e depois, já deitado em sua cama, ver um filmezinho de sacanagem e bater uma punheta. Ah, era o céu... Uma dúvida, senhoras e senhores. O que fora menos indigno: pensar em boceta ou em espaguete naqueles instantes funestos?

Fato é que, diante da morte, a vida jamais renunciara a se fazer sentir — a vida das veias, dos nervos, dos músculos, das sinapses eróticas, das necessidades urgentes e dos prazeres prosaicos. Diante de nada, ela declinava de si própria...

Ingmar Bergman, enquanto fazia suas cenas profundas sobre morte e desesperança, contava piadas sujas e fofocas a respeito da vida sexual dos atores.

Estava num dos obituários do diretor sueco: todos éramos planos, personagens planos.

O pinguim levantou-se.

Não, ele não se deixaria levar pelo anti-intelectualismo que transformava os homens em bestas — no passado guiadas por tiranos, hoje por genes egoístas. Recusava-se a esse papel, a aceitar a noção minúscula de homem que emanava da aceitação de sua trivialidade... Lutar contra a natureza mesquinha que se manifesta nas fisiologias, não importa se mais ou menos constrangedoras, tal era o bom combate. Até que elas, as fisiologias, se transformassem em restolhos do passado animalesco e a humanidade encontrasse a sua redenção moral.

Redentor, ele era um pinguim redentor a quem os outros pinguins deviam reverência e homenagens, da mesma forma que a Platão, a Hegel, a todos os que viram no domínio do Espírito a grandeza a ser almejada e que se dispuseram a transcender os imperativos biológicos, apesar de tudo...

Redenção? Mas se até o Cristo, a personificação do Espírito, fez-se homem para sentir o prazer de dar uma boa cagada.

O pinguim redentor estava taquicárdico.

No que pensava Cristo enquanto cagava nas fossas fétidas da Judeia: em salvar o mundo ou na melhor maneira de limpar o rabo?

Aquela parecia ser a voz do demônio até para um ateu como ele. O que eram mesmo os demônios para Freud? Projeções, mas projeções do que, mesmo? Do ódio aos mortos, era isso, do ódio aos mortos — mas ele amava os seus mortos, não amava?, apesar da boceta da Eduarda e do espaguete com molho de azeitonas... Mãe e pai: a quem amara mais? Mãe e pai: a quem odiara menos?

Sua mãe e seu pai teriam trocado a salvação eterna por uma boa cagada, mas os intestinos deles estavam obstruídos pelo câncer. Você pensava em boceta e peitos e macarrão, e eles, em evacuar.

O pinguim redentor suava frio.

Ao pau duro substituíra-se a vontade de cagar. Havia um lavabo perto do camarim, mas como deixar de ser pinguim e fazer-se homem para sentir o prazer de dar uma boa cagada? Como?

— Está na hora, senhor. Por favor, acompanhe-me.

O pinguim subiu ao palco.

O pinguim cagou nas calças.

A não ser o próprio, ninguém mais sentiu o fedor que emanava do pinguim.

ESSÊNCIA

Carta à guisa de testamento
Parte 1
(A ser tornada pública tão logo seja possível.)

Se o pior vier a ocorrer na cirurgia a que me submeterei hoje, no hospital ***, nomeio *** inventariante dos meus bens. Por meio dele, faço saber o meu desejo de que todas as minhas posses, imóveis e financeiras, sejam divididas — em partes rigorosamente iguais — apenas entre meus dois filhos, *** e ***. Apartamentos, casas de veraneio, terrenos, fundos de investimento, fundos de previdência, seguro de vida, montante de conta bancária, reservas em ouro e ações de empresas devem ser compartilhados tão somente entre meus dois filhos amados. Móveis, eletrodomésticos e utensílios de meus apartamentos e casas também deverão ser divididos entre ambos — seja na forma de dinheiro em espécie proveniente de venda ou na de sua partilha material. Deixo, ainda, minha biblioteca aos dois, na esperança de que possa ser-lhes útil e prazerosa. Ela pode ser dividida na proporção que concordarem suas mães. Quanto à minha coleção de relógios, deixo o mais valioso a meu primogênito e o segundo mais caro a meu caçula. Faço, assim, uma pequena concessão à tradição de privilegiar o primeiro a vir ao mundo. Todos os outros relógios deverão ser compartilhados igualmente entre ambos, tendo por base seu valor de revenda, depois de uma avaliação feita por um perito da confiança de meu inventariante.

Os bens deixados para cada um dos meus filhos, depois de divididos, deverão ser administrados por suas mães, *** e ***, até que eles completem 21 anos. Depois de atingirem essa idade, *** e *** deverão assumir o controle de suas respectivas heranças. Enquanto estiver sob a responsabilidade materna de *** e ***, o patrimônio legado por mim deverá ter como único e exclusivo objetivo o sustento e a educação de meus filhos, não podendo ser usado para aquisição de quaisquer bens em nome de terceiros.

Respeitar as vontades expressas nesta carta à guisa de testamento é a única forma de render homenagem à memória de um homem que, embora cheio de defeitos e incongruências, amou seus filhos profundamente.

Parte 2
(A ser revelada a meus filhos quando do mezzo del cammino delle loro vite *— aos 35 anos de cada um, portanto — pelo inventariante ou pessoa por ele indicada, depois de relida a parte um.)*

Além de deixar-lhes o legado de nossa miséria existencial — condição inerente a todos da espécie a que pertencemos, descrita por escritores e filósofos que provavelmente vocês não leram —, faço saber que deixo uma segunda herança: os meus crimes. Cometi vários ao longo de minha vida. Sim, crimes, porque, aos olhos da colmeia humana, é o que foram — e não somente defeitos e incongruências de que fala a parte inicial desta carta à guisa de testamento. Começou cedo. O primeiro deles foi encarcerar minha mãe num amor obsessivo que destruiu toda possibilidade de reminiscência feliz. Eu a torturava com o meu amor, e aqui não descerei a detalhes. A esse crime conectou-se necessariamente o segundo: desprezar meu pai a ponto de nutrir por ele repulsa física (tenho certeza de que minha derradeira lembrança, caso eu não estivesse sedado, seria olfativa: a do seu cheiro azedo). Também me aproveitei de todas as minhas mulheres — namoradas ou cônjuges —, sugando-lhes toda a energia e afeição, para, em seguida, abandoná-las. Esvaídas por completo, elas jamais se recuperaram de mim e de meu amor parasitário. Não deixei, ainda, amigos — somente parcerias circunstanciais, das quais mais extraí benefício do que beneficiei. Quanto aos meus inimigos, não conheci a virtude da clemência. Esmaguei-os a todos, como Roma a Cartago. Fui, ainda, um hipócrita ao destinar parte dos meus lucros a entidades assistenciais. Nas visitas a orfanatos e escolas mantidas por mim, por trás do sorriso protocolar, nauseavam-me aqueles pequenos bichos a que ajudava a prover por força da obrigação social — bichos que, mais tarde, fariam de tudo para sair do estado de pobreza santificada e cancelar o seu passado de escassez, dando as costas para os que viriam a ocupar os seus lugares. Em relação aos que desse modo não se comportam, jamais reconheci a generosidade desinteressada, a caridade por dever moral de retribuição ou coisa do gênero. Sempre interpretei a bondade como um desvio, uma patologia recessiva da espécie — e incurável, visto que, evidentemente, não houve nem haverá ninguém disposto a remediá-la: a colmeia humana gosta de fantasiar a respeito de si própria, o que torna tais doentes da bondade muito úteis, afinal.

Quanto a vocês, não é verdade que os amei profundamente. Nem superficialmente. Vocês só não foram estorvos maiores porque minha riqueza permitiu diluir a obrigatória atenção paternal com suas mães, babás, professores e instrutores. Acariciava-os e beijava-os com indiferença. Achava-os, inclusive, crianças obtusas.

Elencados os crimes, não peço absolvição. Fui assim e assim me fui. De todas as flores que vocês e outros depositaram em meu túmulo, gostaria de rir se existisse outro mundo. Mas não existe outro mundo. Se não espero condescendência ou perdão, na dimensão real ou fantástica, por que a confissão? Se não houverem crescido obtusos, conforme a minha previsão, vocês entenderão a explicação que se segue: para atormentá-los com a lembrança deste pai monstruosamente mais humano do que a humanidade poderia suportar. Um analista veria uma boa dose de sadismo nessa minha atitude, mas talvez ela os ajude a não alimentar quaisquer ilusões a respeito de si próprios, agora que adentram a outra metade da vida. Daí meus crimes serem uma herança. Se quiserem, encarem esta segunda parte da carta à guisa de testamento como o ato de um amor que não senti.

DONA OLGA

    Serviam para canastras, canastras sujas e reais, os ouros, as espadas, as copas, os paus, e antes disso para castelos, castelos sem ameias e portões, os ouros, as espadas, as copas, os paus, e também para prestidigitações domésticas, na domesticidade das tardes de domingo, os ouros, as espadas, as copas, os paus, até surgir Dona Olga, a dama de ouros, de espadas, de copas, de paus, a adivinhar o futuro e o passado em maços sujos a contrastar com a casa que recendia ao cheiro de limpeza que desinfetava os sofás cobertos por capas floridas, de algodão grosso, e as almofadas tristes, de ácaros acuados, e a madeira chorosa sob os passos das mulheres que para lá corriam — para a casa de Dona Olga, a médium dos naipes, rostinho redondo, olhinhos verdes, cabelos de um azul que pedia reverência. Ao menino, era reservado um pavê, o doce creditado pelos pobres aos ricos; à sua mãe, a quiromancia, legado dos ricos aos pobres — reis, damas e valetes, agora com a nobreza de mensageiros do além, a revelar encarnações de séculos atrás, a costurar horizontes felizes, a desalinhavar armadilhas urdidas por espíritos do mal.

O mal impalpável da superstição incorporou-se à vida do menino levado pelas mãos de Dona Olga. Foi ela a ver (nos ouros, nas espadas, nas copas, nos paus) os seres invisíveis, tantos e tão poderosos no pequeno apartamento em que ele tentava em vão uma infância, seres a exorcizar por meio de copos de água com sal grosso nos cantos empoeirados da sala, de incensos queimados uma vez por semana (sextas, só podia ser às sextas) à porta da entrada, uma folha de compensado fino, superfície osmótica entre o ameaçador de fora e o assustador de dentro, mais nada — e de orações da teologia de Dona Olga, porque orações também as havia, recitadas pela mãe do menino no quarto dela, à meia-luz, diante de velas acesas e retratos esmaecidos de médicos mortos e imagens que não eram de Nosso Senhor, nem de Nossa Senhora, nem de qualquer santo da Igreja Romana, como o Menino Jesus de Praga, ao qual se havia devotado, na primeira e já distante comunhão, o menino agora sem Jesus, agora cheio de pragas antevistas por ela, a onisciente Olga.

E, assim, travava-se sem armistícios a luta entre o bem e o mal nos escassos metros quadrados do apartamento sem pai, para o terror do menino, que à noite ouvia a batalha nos sibilos do vento de inverno e observava nas claridades delineadas pela escuridão noturna os seres de Dona Olga materializarem-se na forma de demônios — e, ao final, era sempre um deles a embalar os seus sonos extenuantes, no apartamento sem Deus, entregue às legiões da maldade.

Nos ouros, nas espadas, nas copas, nos paus, Dona Olga viu, então, a mãe do menino, em hábito de freira, ser enterrada viva, duzentos anos antes, pelos capatazes do amor que a tinha engravidado, e viu ainda na melhor amiga materna o cavalo de uma preta velha, espírito indisciplinado que baixava na morena de maxilares fortes e pinta perto do queixo — e, ao ver o invisível, fez com que a mãe do menino também passasse a enxergar cadeiras que pulavam, quadros que rodopiavam na parede, vultos de crianças e de velhos. Mas Dona Olga não viu, nem adivinhou o câncer que arrancaria o peito esquerdo da mãe do menino, e lhe cortaria os gânglios do braço e lhe cavaria uma parte da axila. E foi por obra do câncer materno devastador que Dona Olga desapareceu, e com ela os seres invisíveis e malignos, os copos de água com sal grosso, os incensos, as velas, os retratos de médicos mortos, as imagens que não eram de Nosso Senhor, nem de Nossa Senhora, nem de qualquer santo da Igreja Romana. E foi por obra do câncer materno devastador que a luta entre o bem e o mal se extinguiu nos escassos metros quadrados do apartamento sem pai. E foi por obra do câncer materno devastador que o mal visível de cada dia venceu naquele universo, e o menino pôde dormir em paz, não mais nos braços de um demônio, mas aninhado na cama de sua mãe sem peito, pequeno valete da dama de faz de conta, e com sonhos em ouros, espadas, copas, paus.

RECORTES

SER

O escritor acordou ao amanhecer, decidido a transformar o sonho de filósofo em conto.

O sonho:

Ele está numa sala de aula, parecida com as de sua antiga escola secundária. À sua frente, sobre um tablado, sentadas uma ao lado da outra, há dez pessoas, das quais a única conhecida é Marília, uma amiga sua que desapareceu de vista faz muito tempo. Acima da fileira discente, flutua um quadro-negro limpo.

Com o pé direito, em cuja sola aparentemente há um giz multicolorido, ele próprio, o professor-filósofo, escreve no tablado o tema de sua aula:

A ontologia, o Imperativo Categórico e a existência de Deus.

Escrita a frase, diz aos alunos:

— A ontologia desdobra-se basicamente a partir de duas perguntas. A primeira: *Por que se é?* A segunda: *Como se é?*

Faz uma pausa. Os alunos permanecem em silêncio. Ele continua:

— Há duas respostas para a primeira pergunta. É-se porque um Criador assim o quis e...

Ele, agora, está numa praia ensolarada, com um mar de azul inexistente. A seu lado, Marília. Na água, sobre uma prancha de surfe, um dos alunos lhe grita:

— Deus não existe. É-se porque a evolução nos trouxe até aqui, em seu processo de seleção natural.

Ele grita de volta:

— Sim, essa é a segunda resposta. Somos apenas o revestimento de genes egoístas, que usam a nossa carcaça como proteção. Somos a forma ideal para eles se perpetuarem.

O vento sopra o silêncio que se segue. É Marília a interrompê-lo:

— Mas o Imperativo Categórico não se liga ao *Por que se é*. Ele está ligado ao *Como se é*.

Ele vira-se para Marília, maravilhado:

— Você tem razão. O homem tem uma relação de dependência com a lei moral.

— Lei subjacente a toda ação boa, que a afirma,...

— ...E também a toda ação má, que a contraria. Essa dependência, imune às circunstâncias históricas e sociais, recebe o nome de...

— ...Imperativo Categórico, na definição de Kant.

— O Imperativo Categórico é, portanto, uma formulação moral. De uma moral que só pode emanar...

Marília sorri e completa:

— ...Não da biologia, intrinsecamente amoral, mas...

— Mas...

— ...diretamente de Deus.

Ela, então, é levada pelo vento.

Nesse ponto, o escritor despertou. No bloco mantido sobre o criado-mudo, registrou o que o inconsciente lhe ditara. E anotou: "Incluir a pergunta: 'Como pode um Deus moral ter criado algo tão amoral como a biologia?' Reler Kant."

Uma semana mais tarde, ele entrou em coma durante uma cirurgia eletiva, qualificada de rotineira nos manuais médicos.

Não há esperança de que saia do seu sono sem sonhos.

TAXIDERMIA

Ele se lançava às mulheres como os leões às suas presas. Sufocava-as e lhes quebrava a coluna, para então devorar suas entranhas, até não sobrar nada do recheio original da carcaça. Mas, ao contrário dos leões das savanas, do bote ao repasto, a voracidade não era paralela à velocidade. Era um lançar-se lento, quadro a quadro. Era um degustar de gastrônomo, pedaço a pedaço. Destes modos tudo se lhe afigurava mais deleitoso porque mais cruel. Fazê-lo de outra forma seria igualar-se aos que, de noite em noite, revezavam-se em caçadas fugazes, higiênicas, nas quais o rodízio das caças era a norma genética, o clichê cultural, o jogo sem vencedores e vencidas.

Não, a esfera daquele leão era outra — a da metáfora que se queria verdade. E a verdade era ele, a única, tão mais real quanto mais exangues os despojos largados pelo caminho. A esfera daquele leão era a das vítimas devoradas por dentro e empalhadas, em rictos de espanto, com as hastes secas cultivadas pela fera taxidermista.

Era assim que o leão se fazia sempiterno presente. Por meio do rastro de mulheres ocas de si próprias, a repetir-lhe, entre arquejos, eu te amo.

Era isto o leão.

É isto um homem?

GENÉTICA

*Considerate la vostra semenza:
fatti non foste a viver come bruti,
ma per seguir virtute e canoscenza.*
Dante Alighieri *(Inferno, Canto XXVI)*

E, então, ele nasceu. E, então, ele renasceu. E, então, ele se fez homem.

O filho recusado como possibilidade combinara-se em pai querido como realidade. O menino era o pai do homem — nas feições, no modo, no humor. A mesma boca, de lábios carnudos. O mesmo andar, com o tronco um pouco projetado para a frente. A mesma alegria, tivesse o pai do homem sido alegre.

E o homem beijava o menino como não havia conseguido beijar o pai. E o homem abraçava o menino como não havia conseguido abraçar o pai. E o homem falava com o menino como não havia conseguido falar com o pai. E o homem amava o menino como não havia conseguido amar o pai.

E o homem admirava-se de ter sido guardião de pais que agora afloravam — nele próprio e no menino.

E o menino beijava o homem como o pai não havia conseguido beijar o homem. E o menino abraçava o homem como o pai não havia conseguido abraçar o homem. E o menino falava com o homem como o pai não havia conseguido falar com o homem. E o menino amava o homem como o pai não havia conseguido amar o homem. E o menino não viria a admirar-se do pai que o olhava também como a um pai, porque não cabia ao menino reconhecer um recomeço, mas começar o seu próprio tudo.

O menino era o pai do homem e o homem era o filho do menino. Ao homem havia sido dada a chance de ter o filho combinado em pai. Ao pai havia sido dada a chance de ser novamente por meio do filho do homem. Ao filho havia sido dada a chance de ter enfim um homem como pai.

Na trindade da genética, da aleatória genética natural, a esperança era uma vez.

NÃO AS DEIXE ENTRAR

Você está ouvindo? São elas... Me ajude a fechar as portas, as janelas, rápido, vamos... Não as deixe entrar... Elas vão bater, elas vão chorar, elas vão implorar, mas não as deixe entrar de jeito nenhum... Trancou a porta de trás? Eu já fechei a da frente... Falta a porta que dá para o jardim, a lateral: feche, feche depressa, elas estão vindo... Vamos cobrir os vidros das janelas, isso, cobrir os vidros — é arriscado ver os seus rostinhos... Ouça os gritos, estão cada vez mais próximos, daqui a pouco serão ensurdecedores. Se tivéssemos um porão, poderíamos nos isolar... A despensa? Não, logo faltará ar... Elas demorarão a partir, se é que partirão um dia... É preciso que não sucumbamos, temos de resistir ou elas continuarão a destruir... A destruir com suas lágrimas, com seus risos, com suas graças, com suas fomes... Só daremos um basta nisso se não as deixarmos entrar... Está tudo fechado? Então nos tranquemos... Já sei: no quarto dos fundos, o da janela com persiana de madeira. Corra... Precisamos bloquear a porta com um móvel, me ajude... Se invadirem a casa, encontrarão mais um obstáculo... As primeiras já chegaram à porta da frente... Escute as batidas, e os pedidos doces misturados aos gritos... Tape os ouvidos... Não adianta, eu sei, os gritos são muito altos... Sim, ensurdecedores, como havia dito... E agora há o choro, os lamentos... Você está ouvindo passos no telhado? Não é impressão... Começaram a sapatear, estão irritadas. Tente não ficar com medo... Eu também estou com medo... Estamos cercados, eu sei... Mas temos de resistir. Tente não imaginar o quão feliz você poderia ser com elas, porque... Suprima a imaginação, faça esse esforço, cesse essa agitação de fantoche... Nada disso é verdade... Elas não são a verdade que aparentam ser... São ilusões que esquecemos ser ilusões, lembre-se sempre... Não destranque a última porta, não desmonte a última barreira, está escutando? Não me deixe fazê-lo, se eu assim resolver, se eu assim fraquejar. Ou elas continuarão a destruir, da mesma forma que nós destruímos... É preciso dar um fim a isso, de uma vez por todas é preciso dar um fim ao horror que reproduzimos, ao horror que difundimos, ao horror com que salgamos a terra. O horror nascido do amor... Mas, se o amor é isso, então não há amor. O horror nascido da transcendência... Mas, se a transcendência é isso, então não há transcendência. Há somente o horror — e para nós, agora, existe também a consciência do horror, o que nos torna ainda mais miseráveis... O poeta, eu posso entendê-lo finalmente... O pesadelo do poeta é o meu pesadelo... O nosso pesadelo... Eu lhes vejo o crânio por debaixo da pele, criaturas sem torso sob a terra, com bulbos de narciso nas órbitas dos olhos, deitadas a sorrir sem lábios, no sorriso da destruição cumprida, e replicada por meio daquilo a que chamamos amor...

Somos nós lá fora, somos nós, você entende? Não as deixe entrar, não nos deixe entrar...

REPRESENTAÇÕES

DEMÔNIO COM CORAÇÃO DE MÁRMORE

Escuta, Natureza, escuta! Querida deusa, escuta!
Suspende teu propósito se um dia quiseste
fazer esta criatura fecunda.
Gera neste ventre a esterilidade,
nela seca os órgãos da geração, tal que
do corpo degenerado não germine
um filho para honrá-la. E se ela tiver de ter,
cria-lhe um filho da bile, que viva
para ser-lhe um frustrante, desnaturado tormento.
Que lhe estampe de rugas a jovem fronte,
com lágrimas que lhe escorram em canais pelas faces,
e torne de sua mãe as dores e alegrias
em risos de escárnio, para ela sentir, assim,
como mais agudo do que o dente da serpente é
ter um filho ingrato!

(Rei Lear, na maldição à sua filha Gonerill)

Renato foi possuído pelo demônio com coração de mármore no jantar em que o Outro se apresentou com um implante capilar. Coroava-se, assim, a vulgaridade do homem que lhe proporcionara os estudos, a chance profissional, a sociedade no escritório de advocacia, a riqueza — e, por fim, o refinamento que de tudo isso extraíra, embora Renato, por resistência de ordem psicológica ou moral, não importa, apartasse este último de todo o resto.

O implante capilar do Outro seguira o roteiro de sempre: a separação da mãe de seus filhos, a compra de um carro esportivo importado, o namoro com a putinha arrivista, as plásticas para tirar as rugas do rosto. A previsibilidade, contudo, não evitou o constrangimento de todos os presentes no jantar e o que em Renato se acrescera — para além do asco, a vergonha de si próprio.

O asco nasceu do refinamento. Renato usava o dinheiro acumulado no trabalho bem-sucedido para, se não aprofundar-se em especialidades, aprender a fruir da grande arte, da bela música e da boa literatura, em vários graus a mais do mero verniz. Nas folgas, lia a bibliografia básica sobre os diversos assuntos, ia a exposições e concertos, mantinha sua pequena mas robusta biblioteca atualizada com os melhores lançamentos. Nas férias, organizava viagens de caráter cultural ou incursões geográficas, equilibrando-se, assim, entre o civilizado e o inóspito. O que começou apenas como tentativa de representar-se adequadamente nas situações sociais que se lhe apresentavam com frequência cada vez maior, dada a posição profissional então recém-conquistada, transformou-se em gosto e, dali a pouco, em necessidade estética e intelectual. Por tal necessidade, entrou na galeria que hospedava a pintura do jovem artista em ascensão. Por tal necessidade, arrematou-a depois de breve leilão. Por tal necessidade, casou-se com Amanda, a dona da galeria, moça bem-nascida e bem-formada. Juntos, adentraram com ímpeto o universo da arquitetura — e dele saíram com o projeto de uma casa que resumia, em suas linhas modernas temperadas por detalhes clássicos, o que de mais elegante havia conquistado o gênio humano. Erguida a casa, dedicaram-se a mobiliá-la e a decorá-la com o vagar requerido pela perfeição nas cores, nos tecidos, nas madeiras, louças e metais. Para arrematar, Amanda dispusera aqui e ali peças de família que denotavam uma riqueza velha o suficiente. Entre as quais, o Vaso Gallé *Aux Marguerites*, verde-claro, praticamente igual a um dos que constam do acervo do Petit Palais, em Paris, como a mãe de Amanda gostava de contar. "Minha bisavó não gostava do Vaso, porque meu bisavô o adquiriu (se é que não ganhou, o danado) de uma das mais disputadas *cocottes* da época", divertia-se a senhora.

Escreveu-se "Vaso" com maiúscula, mas nada há a estranhar, visto que, a seu valor familiar, sobrepusera-se o de objeto de adoração particular. Renato cultuava-o como síntese da arte, da história e do passado que lhe faltava. De tudo aquilo, enfim, que almejava fruir ou ter (mas não seria a fruição uma possessão efêmera?).

Em seu silêncio de vaso, o Vaso era-lhe a Urna Grega de Keats:

Heard melodies are sweet, but those unheard are sweeter.

Em suas formas perfeitas de vaso, também se lhe desenhava o veredicto do poeta inglês:

Beauty is truth, truth is beauty — that is all ye know on earth, and all ye need to know.

E foi o Vaso, na sua beleza de vaso que era uma verdade universal, a fornecer a seu novo dono o asco de quem lhes era contrário — o Outro.

Pode um objeto ter mais dignidade do que um homem? Renato constatou que sim, na festa de inauguração de sua casa. Depois do jantar, enquanto a maioria dos convidados dançava no jardim, Amanda pediu-lhe que levasse um amigo retardatário a conhecer a propriedade. Começaram o passeio pela quadra de tênis, a piscina, os vestiários e a sauna, localizados na parte de trás do terreno circundado por um bosque. Continuaram pelas dependências dos empregados (exemplares da magnanimidade patronal), a cozinha e a copa, numa das laterais. Desse acesso secundário, adentraram, por fim, a área social. Ao crescendo planejado por Renato, o visitante correspondia com as reações esperadas. Passaram pela sala de jantar ("Que magnífico aparador imperial! É autêntico?"), pelo escritório do dono ("Estupendas encadernações!"), pelo estúdio de Amanda ("Que leveza!"), pelo cinema com vinte poltronas ("Onde vocês conseguiram esses pôsteres históricos?"), antes de chegar ao ponto alto — a sala de estar, onde, num canto suavemente iluminado, repousava ele, o Vaso.

Entraram pelo lado oposto e, enquanto o visitante admirava a pintura abstrata que dominava uma das paredes ("Mas é tão impactante quanto um Pollock!"), Renato observou o Outro sair do jardim, desviar-se de um conjunto de sofás e aproximar-se do Vaso. Diante da Beleza, a vulgaridade estacou, charuto na mão. Parecia domada pelas formas e cores que a iluminação cenográfica realçava. Um quase minuto, e o Outro pôs-se a rodear o Vaso, olhando-o de cima a baixo, para voltar a deter-se na posição original — o visitante de museu entregue à fascinação da escultura notável.

A princípio temeroso de um gesto desastrado, Renato enterneceu-se com a cena: talvez não faltasse sensibilidade ao Outro, mas a oportunidade de contato com um mundo diferente, superior... Quem sabe não caberia proporcionar-lhe uma viagem à França, à Itália e...

...Foi então que ocorreu a profanação.

Num gesto que almejava o disfarce, o Outro esticou o braço direito, para bater as cinzas do charuto dentro do Vaso. E o fez com sorriso, e o fez com sadismo, e o fez com desprezo, como viria a descrever Renato. Foi-lhe menos cinzeiro, diria à mulher, e mais vaso sanitário. Emudecido, ele observou o violador escafeder-se para o jardim.

Renato correu em direção ao Vaso, com a urgência de um paramédico. Retirou-o da mesa que hospedava a solidão de preciosidade, e voltou em passo apertado pela sala de estar, na direção da copa, sem responder à surpresa do amigo retardatário. Com um pano umedecido, limpou as cinzas. Com uma flanela, secou o local. Com lágrimas de raiva, constatou que uma brasa queimara o esmalte interno do Vaso. A vulgaridade do Outro deixara sua marca — pequena, decerto, mas indelével. E, desse modo, manchara a história do Vaso, da família de Amanda e a de Renato, de uma aristocracia incipiente, portanto mais suscetível às abrasões.

Depois de colocar o Vaso no lugar, ele foi à procura do Outro. Encontrou-o numa rodinha, em conversa animada com duas mulheres jovens, baforando o charuto.

— Preciso falar com você.

— Agora?

— Já.

Os dois se afastaram dos convidados.

— Por que você fez isso?

— O que foi que eu fiz?

— Você sabe.

— Não sei.

— Não seja cínico.

— Olhe como você fala.

— Você bateu as cinzas desse maldito charuto dentro do Vaso.

— Eu não fiz isso.

— Não negue, porque eu vi. Eu estava do outro lado da sala.

— Está bem, confesso: não tinha cinzeiro por perto e eu não queria sujar o chão. Pronto. Posso voltar para conversar com as gatinhas?

— Você queimou o interior do Vaso.

— Queimei, é? Desculpe.

— Você tem ideia do valor dele?

— Tudo bem, compro outro para você.

— Você compra outro...

— É, compro outro. Diga onde se vende e o preço.

— Que absurdo é esse?! É uma peça histórica, não existe outra igual.

— Então compre outra peça histórica, eu pago.

— É um objeto da família da Amanda, que ganhamos de presente de casamento. Tem valor artístico, histórico e pessoal. Você não tinha o direito de fazer o que fez.

— Queimou muito?

— O esmalte interno. Deixou uma mancha escura.

— Muito grande?

— Não importa se é grande ou não...

— Dá para ver de fora?

— Você não está entendendo: é uma questão de princípio, de educação. Não se bate cinza de charuto, cigarro ou cachimbo dentro de um vaso, qualquer vaso. E o nosso é um objeto de imenso valor.

— Desculpe, eu não sabia que era de valor.

— É lógico que você não sabia. O que você sabe de arte, de história?

— Você está me ofendendo, Renato.

— Você está ofendido? E eu, como você acha que me sinto? Para seu governo, estou ofendidíssimo! Inclusive porque vi você bater as cinzas com prazer. Um prazer sádico. Você acha que não vi seu sorriso?

— Você está ficando louco.

— Sou louco, mesmo, louco de trabalhar com você.

— Como é que é, rapaz? Olhe aqui, se você tem uma casa bacana, amigos artistas e mulher grã-fina, é graças a mim, que lhe dei uma chance.

— Você me deu uma chance, mas não foi essa, meu amigo... Quanto ao resto, já lhe paguei em dobro tudo o que você me ofereceu.

— Sabe o que eu acho?

— O quê?

— Que você virou viado, que você se tornou um maricas que gosta de vasinhos e decoração. Vou embora desta merda de festa. Só volto a falar com você depois de ouvir suas desculpas.

Renato esperou Amanda deitar-se, para relatar o incidente.

— Repito: ele bateu as cinzas dentro do vaso com um sorriso, com sadismo, com desprezo. Parecia estar diante de um vaso sanitário.

— É um desclassificado, não há dúvida.

— Você acha que dá para restaurar?

— Vamos ver... Você disse que ficou um pontinho negro no esmalte interno, não é isso? Só não vou olhar agora, meu amor, porque estou exausta. Mamãe conhece um restaurador ótimo na Galerie Vivienne. Ele trabalhou no Louvre, se não me engano. Podemos levar o vaso na nossa próxima viagem a Paris.

— Esse episódio é inacreditável...

— Ao contrário de você, acho bem crível. Ele não tem modos, educação, cultura...

— ...

— Sabe o que eu acho inacreditável?

— O quê?

— Você continuar atrelado a ele.

— ...

— Você deveria declarar sua independência. Quem, hoje, atrai os clientes de peso? Quem, hoje, é o rosto do escritório? Você e você. Garanto que você tira todo mundo de lá. Já falei isso para mamãe, e ela concorda inteiramente.

— Não é tão fácil como parece. Nem todos os sócios vão querer sair comigo, e muitos deles são vitais. O custo financeiro é alto, Amanda, as cláusulas societárias são draconianas. Além disso, muitos clientes, por mais que gostem de mim, vão querer debandar para um concorrente à simples notícia de que poderá haver uma divisão entre os advogados que cuidam de seus interesses. Rachas em escritórios de advocacia costumam criar uma sombra de desconfiança — os clientes compartilham segredos comerciais conosco e, certamente, ficarão com medo de vê-los esgrimidos numa luta entre ex-sócios.

— Tenho nojo desse sujeito...

— ...

— Você não sai, mas pode sair com ele.

— ...

— ...

— Sair com ele?

— É... Boa noite, paixão, estou podre de cansada.

"Você não sai, mas pode sair com ele": a frase de Amanda, proferida entre bocejos, voltou-lhe à cabeça dois meses depois, ao reencontrar o Outro, recém-chegado de longas férias e recém-capilarizado, no jantar do cliente antigo. Foi quando ao asco se somou a vergonha de si próprio, como já se disse.

Pausa para um parêntese. Por que vergonha de si próprio?, poderia perguntar o leitor. O correto não seria falar de vergonha alheia — aquele constrangimento que nos toma quando assistimos a alguém próximo cometer uma gafe ou perpetrar uma ação ridícula? O leitor tem parte da razão: Renato também foi assaltado pela vergonha alheia. Mas tal sentimento prova ser tão efêmero quanto o rubor por ele motivado. Coisa bem mais duradoura é a vergonha de si próprio, motivada pela ação de um terceiro. Trata-se, aqui, de um sentimento vizinho ao da cumplicidade num crime imprescritível, do qual se parece participante mais por escolha do que por circunstância. Fim do parêntese.

O implante capilar causou semelhante embaraço a Renato, a vergonha de si próprio, porque o fez perceber-se também como prótese — de uma segunda, terceira, quarta e quinta, mas não menos reluzentes, calvícies do Outro: etária, cultural, social e profissional. Era nisso, pensou, que seu antigo benfeitor o transformara: em seu alter ego jovem, instruído, apresentável e competente. Um implante realizado fio a fio, pacientemente, ao longo de mais de uma década.

Antes de a sobremesa ser servida, Amanda pretextou, a pedido do marido, um problema familiar para que pudessem ir embora. Ela não se aguentava:

— Ele é ridículo!

— ...

— Todo mundo ficou boquiaberto!

— ...

— Agora só falta pintar o cabelo de loiro, como esses velhos de camiseta apertada!

— ...

— Ou de preto, como um chinês do partido comunista!

— ...

— A Dorinha foi rir no toalete!

— ...

— O Frederico fazia cara de nojo.

— ...

— Eu também fiquei com nojo. Mais nojo.

— ...

— O que você tem?

— Nada.

— É mesmo vergonhoso trabalhar com esse estrupício...

— ...

Na madrugada insone, Renato sentou-se em frente ao Vaso, tão mais iluminado de imenso na escuridão que envolvia ambas as solidões. A frase de Amanda ricocheteava: "Você não sai, mas pode sair com ele."

Sim, talvez fosse factível, a insatisfação no escritório alastrava-se, alguns sócios pareciam incomodados com aquelas manifestações extravagantes e...

...Mas livrar-se do Outro, a quem havia honrado como a um rei, amado como a um pai, seguido como a um senhor, venerado como a um patrono — e dar-lhe, assim, a grandeza de um Lear? E dar-se, assim, o destino de um traidor?

O Vaso agora resplandecia, como de brilho próprio, imune às sombras que toldavam os pensamentos de seu dono.

"Como é belo, como é... puro!", admirava-se Renato. "Puro como a verdade! Keats tem razão: o que é a verdade, se não a forma perfeita?"

Renato estremeceu com a possibilidade que se esboçava: alcançar a forma perfeita capaz de cancelar todas as impurezas — mesmo as dos que a engendraram.

O Vaso, por exemplo, havia passado às mãos de uma prostituta de luxo, em troca sabe-se lá de quais sórdidos favores — e dela ao antepassado de Amanda em situação, ao que parece, igualmente abjeta. Isso lhe havia maculado a beleza? Não. E quanto a seu artífice: os pensamentos e atos mais ignóbeis do homem que fabricara o Vaso impregnaram a sua criação? Não. A beleza dissolvia os erros, os vícios, o moralmente reprovável, para tornar-se, ela própria, uma nova moral.

A forma perfeita era o ocaso do remorso, a extinção do erro, a absolvição dos pecados. A forma perfeita era, enfim, a cristalização do esquecimento, essa virtude dos fortes.

Seria ele um forte? A questão não deveria ficar sem resposta. Estava na hora de pôr-se à prova e demonstrá-lo — e, desse modo, ascender ao poder no grande escritório em que entrara como aprendiz. Tal era o corolário da eliminação do Outro, mas também...

Não ousava dizer, ainda lhe soava cabotino. Ah, como invejava os que tinham talento para escrever, pintar, esculpir...

Ele, contudo, não deveria ter vergonha de afirmar em voz alta — e, finalmente, foi o que fez:

— Ele, o poder, será... Será a minha arte!

J'aime le pouvoir, moi; mais c'est en artiste que je l'aime... Je l'aime comme un musicien aime son vio-

lon; je l'aime pour en tirer des sons, des accords, des harmonies.

A frase de Napoleão Bonaparte lida durante um curso sobre Nietzsche, encapsulava um sentido para sua própria vida. Ele não travaria guerras, não submeteria nações, não seria lenda. Tinha, porém, a oportunidade de conquistar o poder no território que lhe era dado. Essa seria a sua realização, o seu livro, a sua tela, a sua composição... Sobreveio-lhe, por uma nesga em seu âmago, o medo de ser tomado por um Napoleão de hospício. Seria loucura querer muito? Seria loucura querer tudo?

Renato estava eufórico demais para atolar-se na dúvida. Concluiu que a moral dos fracos chegara até ao ponto de transformar o corso em símbolo da insanidade. "Loucos são eles", pensou.

Para ser um forte, contudo, era preciso esquecer o que aos outros seria inesquecível, sob a nuvem do remorso. Esquecer era triunfar num dia ensolarado.

Foi até o escritório. Abriu um dos cadernos nos quais copiara pensamentos de escritores e filósofos. Na mesma *Genealogia da Moral* de que extraíra a frase de Napoleão, havia escrito Nietzsche:

O homem forte, potente em sua saúde robusta, digere os próprios atos como digere a comida; e também dos pratos mais pesados ele se desincumbe rapidamente.

Uma metáfora para a vontade de poder e para o esquecimento que lhe era condição — sim, agora, tudo estava claro. Ele havia entendido Nietzsche!

Em busca da forma perfeita para a sua existência, o que significaria a ação de livrar-se do Outro? Um prato pesado a ser digerido? Menos, bem menos: um pequeno ponto negro no esmalte de sua alma — e fadado a desaparecer em pouco tempo, por obra de um restaurador melhor do que o da Galerie Vivienne: o oblívio que é causa e consequência da beleza e da força.

Não, ele não seria corroído pelo remorso. Sim, ele esqueceria. Aliás, já havia esquecido.

A verdade do Vaso era a sua verdade. Nada sobrara das mãos sujas que o haviam confeccionado. Nada restaria do homem ridículo que o forjara um advogado de sucesso.

No dia seguinte, pela manhã, Amanda soube da decisão de Renato de livrar-se do Outro.

— Estou orgulhosa de você, meu amor. Não há nada de mau em livrar-se de um sujeito vulgar como aquele. Além disso, você carrega o escritório nas costas. É mais do que justo que ele passe ao seu controle.

— É preciso montar com cuidado a arquitetura da operação. Pode ser demorado.

— Eu e mamãe já adiantamos a coisa, querido.

— Você e sua mãe o quê?

— Faz um mês, mais ou menos, entrou para a roda de bridge de mamãe uma senhora que é amiga íntima da ex do sujeitinho. Quando ela soube que mamãe era sogra do braço direito dele, contou que a humilhação da ex não tinha fim. Que a ex se sentia traída também por causa do acordo financeiro, considerado desvantajoso.

— Mas ela ficou com um dinheirão...

— Você nem parece um advogado de sucesso, Renato: dinheiro *nunca* é suficiente.

— Ficou com vinte por cento de participação no escritório!

— Aí é que está...

— Está o quê?

— E se você conseguisse comprar a participação dela? Isso garantiria a você e a seus eventuais aliados o controle do escritório?

— Quase. Mas eu sei que o acordo do divórcio prevê que ele tem a preferência no caso de ela querer vender a sua parte.

— E se ela traísse o acordo?

— A coisa iria parar na Justiça.

— Mas a Justiça poderia vetar a operação?

— Depende da interpretação do juiz. Há quem seja de opinião que instrumentos jurídicos não podem sobrepor-se a direitos adquiridos. Nesse caso, teríamos a Justiça a nosso favor. De qualquer forma, a venda ensejaria uma batalha legal: o divórcio também previu um acordo operacional, segundo o qual a ex se alinha automaticamente com as posições dele no que diz respeito às decisões sobre os rumos do escritório. Enfim, ela assinou uma procuração que lhe dá praticamente plenos direitos.

— Mas há meios para impedir que essa confusão ocorra, não?

— A batalha legal?

— Sim.

— Só se ele não quiser brigar.

— Sempre é possível convencê-lo.

— Convencê-lo a abrir mão do escritório que ele mesmo criou? Impossível.

— Renato, meu amor, preste bem atenção: não existem impossibilidades quando o assunto é dinheiro.

— O que você está sugerindo?

— Não estou sugerindo nada. Eu *sei* que você encontrará um jeito de resolver o assunto.

— ...

— ...

— É preciso sondar a ex.

— Eu e mamãe...

— Não acredito...

— ...tomamos um chá com ela, na semana passada. Sabe que ela gosta muito de você? Adorou a nossa casa. Ficou deslumbrada com o Vaso. Eu disse que você queria conversar com ela.

— Estou pasmo!

— Com o quê?

— Com você!

— Você está admirado ou indignado comigo?

— Os dois... Você precisava do meu consentimento para aproximar-se da ex-mulher dele, não acha?

— Meu bem, só tomei a iniciativa, uma boa iniciativa, convenhamos, porque sabia que você acabaria caindo em si. O sujeito tornou-se um fardo pesado demais — tanto do ponto de vista social como profissional.

— Mas o que ocorre no escritório não é da sua alçada!

— Como não? Nada que é seu me é indiferente, Renato. E, além disso, eu sigo uma tradição: as mulheres de minha família jamais se furtaram a ajudar os seus homens, não importa em que área de suas vidas. Somos sócias deles.

— ...

— Você vai conversar com ela?

— ...

— Vai?

— Vou...

— Ótimo! Quanto ao acordo do divórcio, repito: eu *sei* que você encontrará um jeito de resolver o assunto.

"*Instrumentus diabolis*", pensou Renato, enquanto observava Amanda sair da sala.

Ele viria a encontrar a ex-mulher do Outro dali a uma semana. Ela estava disposta a vender metade da sua participação no escritório a Renato e seus eventuais aliados. Queria comprar, com o dinheiro, uma *villa* na Toscana — no norte da Toscana, para ser mais exato, onde as propriedades são ainda mais caras.

— Se os sócios se compuserem comigo, teremos vinte e cinco por cento. Com os dez por cento comprados da senhora, perfaríamos trinta e cinco por cento. Isso nos deixaria dezesseis por cento longe do controle.

— Então, ainda que eu vendesse tudo, faltariam seis por cento... Como vocês fariam para obter a maioria da participação?

— Não tenho a menor ideia de como daria esse segundo passo. Quer dizer, esse terceiro passo, já que a senhora só nos venderá a metade, e, desse jeito, tudo fica mais complicado.

— ...

— ...

— Bem, não quero vender tudo porque o escritório continua a ser uma boa fonte de renda para mim.

— Entendo.

— ...

— ...

— Vocês podem contar com os meus dez por cento para tomar o controle do escritório. Serei aliada de vocês. Assino qualquer documento neste sentido.

— Desculpe, mas a senhora também assinou um acordo de divórcio e não o está cumprindo...

— Estou traindo o papel, não é?

— Eu não usaria o verbo "trair"...

— Nenhum problema: estou traindo, mesmo. Mas porque fui traída primeiro. Com você, seria diferente. Nossa relação não tem nada de pessoal, o que é uma garantia de sucesso. Confio em você, Renato, porque sei também o quão competente você é. Aliás, brilhante.

— Obrigado.

— É o que todo mundo diz.

— Por mim, o negócio está praticamente fechado. Agora preciso convencer os sócios a aderirem — e, claro, encontrar uma forma de fazer com que seu ex-marido não tente impedir a venda de metade da sua participação para nós....

— Falta também adquirir mais seis por cento do total, para enxotá-lo da direção.

— Enxotá-lo é muito forte...

— Você tem um problema com as palavras certas, não? Enxotá-lo, Renato, é para isso que estamos nos aliando.

— ...

— Aliás, tenho uma ideia para tirá-lo de vez do seu caminho. Do nosso caminho.

— Qual?

— Encontre os sócios, convença-os a ficar do nosso lado e conversaremos. Quer dizer, você conversará com meu procurador. Será ele a tocar o negócio de agora em diante. É mais profissional, você há de entender.

A cobiça é um monstro cujos olhos parecem tão mais vermelhos nos outros do que em nós mesmos. Para surpresa de Renato, foi fácil convencer os demais sócios a estabelecer uma aliança contra o Outro. Todos estavam insatisfeitos com as suas próprias compensações financeiras. Todos julgavam que o controlador do escritório ganhava mais, bem mais, do que era seu de direito. Todos queriam dar um golpe de morte no Outro. Juntaram-se a Renato para comprar os dez por cento da participação da ex-mulher do desafeto, e também concordaram em assinar uma procuração que transformava o cabeça da conspiração em seu interlocutor nas negociações que se seguiriam. Era o correto também do ponto de vista societário, porque Renato havia adquirido uma porção ligeiramente maior da parte que pertencia à ex do Outro.

A compra dos dez por cento e do alinhamento da ex com o grupo rebelde foi comunicada a Amanda, então em Paris:

— Que bom, meu amor!

— Pois é, agora vou conversar com o procurador dela, para fecharmos a aliança.

— E quanto à ideia dela para tirar o sujeito do caminho?

— O procurador, espero, deve tocar nesse assunto. Se não conseguirmos adquirir mais seis por cento do escritório, nada terá valido a pena. Ele continuará no controle.

— Vou rezar na Madeleine para que tudo dê certo.
— Deus tem lado nessa história?
— Deus tem sempre lado: o nosso.
— ...
— ...
— Escute, e o Vaso: foi restaurado?
— Foi.
— Ainda bem.
— ...
— Custou muito caro?
— Menos do que eu imaginava.
— Ótimo!
— ...
— Você não está feliz?
— Estou...
— O que foi?
— Nada.
— Você chega mesmo daqui a uma semana, certo?
— Isso. Saudades.
— Eu também.

O procurador da ex do Outro era um advogado na casa dos quarenta anos, conhecido por assessorar os maiores escroques da República. Seus nós de gravata foram engordando à medida que enriquecia, assim como sua papada. Reuniram-se, ele e Renato apenas, numa sala reservada de um hotel. Homem de poucos preâmbulos, o procurador disse que sua cliente tinha uma "bala de prata": os números de três contas bancárias do Outro, abertas em paraísos fiscais e não declaradas às autoridades do país. Elas somavam trinta milhões de euros.

— Trinta milhões?!

— Trintinha.

A ex havia descoberto essas contas por meio de investigadores particulares, contratados nos Estados Unidos, por sugestão dele. De posse da informação, obrigaram o Outro a transferir dois milhões para ela, num banco europeu.

— Mas ela não ficou satisfeita. Minha cliente quer destruí-lo. Por isso resolveu compor-se com vocês.

— Qual é o plano?

— Vocês o pressionarem, usando o argumento das contas no exterior. Repassaremos cópias dos extratos e demais documentos a vocês, desde que seja preservado o sigilo da origem dos papéis.

— Por que ela mesma não o faz? Por que ela própria não fica com a maior parte do escritório?

— Bem, por três razões. A primeira é, digamos, ética. Depois que ela embolsou os dois milhões, comprometeu-se a calar-se sobre o assunto. A segunda razão é que ela não quer ter dores de cabeça, quer somente usufruir de sua fortuna. A terceira, não menos importante, é que julga ser uma vingança muito maior ajudar você e seus sócios a adquirir o controle. Especialmente você, o "menino de ouro" do ex dela.

— Você deve ter recebido uma boa comissão... ética.

— Não posso reclamar. E vou ficar com quatro por cento dos dez por cento da participação dele a ser conquistada por vocês.

— Dez por cento, não, seis por cento.

— É dez por cento ou nada.

— Sua cliente sabe da sua demanda?

— Sabe. Vamos casar até o final do ano.

— ...

— ...

— Não precisamos de dez por cento, só de seis.

— Vocês exigirão dez, já disse. Aliás, vamos fazer melhor: vocês ficarão com vinte. E me repassarão dez.

— Não temos dinheiro para comprar mais vinte por cento.

— Esqueça. Vocês não pagarão nada pelos vinte por cento. Nem um centavo. Lembre-se: ele tem trinta milhões de euros no exterior. Quer dizer, vinte e oito. E continuará com uma participação gorda no escritório. Vai concordar com tudo, porque não é maluco de rasgar dinheiro. Só que passará a não mandar mais. Diante da força dos nossos argumentos, ele também não poderá invocar o acordo do divórcio, para tentar manter-se no topo.

— Mas, ainda que sejamos nós a pressioná-lo, ele saberá que a ex e você estão por trás disso.

— Sim, e desse modo a vingança dela, repito, será ainda maior. Vamos fazer um teatro... ético.

— Dez por cento de participação, mais o que ela manteve, os deixará muito fortes dentro do escritório. Tenho a impressão de que, se ela não quer ter dores de cabeça, você as quer. E tendo a crer que ela não sabe dessa sua intenção. Talvez acredite piamente no amor...

— ...

— ...

— Assim como ela, assinarei um acordo operacional, deixando o seu caminho totalmente livre, não se preocupe.

— Um acordo ético?

— ...

— Não, façamos o seguinte: como não haverá saída para ele, exigiremos os vinte por cento de participação e pagaremos a você excelentes honorários. Está bem?

— ...

— ...

— Quanto?

— Um milhão.

— De euros?

— Não, em nossa moeda.

— ...

— Pense: pegará mal para você virar um dos sócios do escritório que era do ex de sua mulher. Todo mundo perceberá que você deu um golpe. Além disso, quando o seu casamento terminar, não será confortável permanecer ligado à sua própria ex. Vai dar confusão, acredite.

— *Quando* o meu casamento terminar?

— Desculpe, *se* o seu casamento terminar.

— ...

— ...

— Mas, se vocês ficarem com mais vinte por cento, ela ficará minoritária demais. Não sei se concordará...

— Convença-a e seu milhão está garantido. Pelo jeito, você também tem ótimos argumentos junto a ela.

— ...

— ...

— Um milhão e meio. E ela não pode saber que levei essa grana.

— ...

— ...

— Já que não teremos que pagar nada para ficar com os vinte por cento, acho que dá para deixá-lo mais feliz. Fechado.

— Ótimo. Mas existe outro ponto.

— Qual?

— Para acertar tudo, ela quer um vaso antigo que viu em sua casa. De presente, lógico.

Amanda, refeita da viagem depois de um longo banho, encontrou Renato sentado em frente ao Vaso.

— O que foi, amor?

— ...

— Está tudo certo com o procurador?

— Está... Quer dizer, quase.

— Quase?

— Para fechar conosco, ela quer o Vaso.

Amanda caiu na risada.

— Eu também acho inconcebível dar o Vaso a ela ou a qualquer outra pessoa. É uma peça que está na sua família há um século.

— Você não entende... Vamos dar, sim, Renato.
— Você não se importa?
— É por isso que estou rindo: eu e mamãe descobrimos que é uma imitação!
— Imitação?
— O restaurador da Galerie Vivienne: ele examinou o Vaso e concluiu que era uma imitação. Boa, antiga, mas imitação.
— Só porque um sujeito disse que é, não significa que...
— Eu e mamãe não somos otárias, Renato. Quando pedimos uma segunda opinião, ele nos pôs em contato com o curador do Museu de Artes Decorativas. Ele e mais dois especialistas do museu deram o mesmo veredicto...
— Por que você não me contou pelo telefone?
— Ah, você gosta tanto desse vaso que eu e mamãe ficamos na dúvida se contaríamos algum dia. Mas, já que é uma condição para o negócio, *pas de problème, mon cher*... Se ela quer o vaso, o terá — e numa embalagem de sonho. Faço questão. Só não vamos contar para ninguém que é uma imitação, está bem? Quero rir para o resto da vida desse episódio.

Renato, sozinho, observava o objeto desprovido de maiúscula, desprovido de brilho. A mentira do vaso não era que a sua. Se a beleza da peça havia encolhido a seus olhos, apenas por não mais ter distinção, isso significava que ele não alcançara compreender o Belo em sua pureza e verdade. Faltava-lhe o desejo de beleza que não se limita ao objeto e à sua procedência. Carecia-lhe "o desejo que aspira a encontrar o desejo original de beleza que presidiu o surgimento do universo, a aventura da vida", nas palavras de François Cheng, autor lido no curso de estética frequentado poucos anos antes, na mesma Paris que ajudou a iludir Renato sobre si próprio e, ao final, o desmascarou.

Cheng também havia escrito: "Cada experiência de beleza, tão breve em sua transcendência do tempo, nos restitui ao frescor do alvorecer do mundo."

O frescor do alvorecer do mundo. Por sua natureza, a beleza era, assim, antípoda do mal, e não o comportava ou o cancelava, ao contrário do que ele supôs em seus devaneios. *Beauty is truth, truth is beauty*: a verdade de Keats lhe era distante. O seu conhecimento e a sua sensibilidade não passavam de implantes tão artificiais quanto o do Outro. O máximo a que podia almejar era o bom gosto que se recodificava aos sabores das modas.

Mas era tarde para voltar atrás.

Como um autômato, Renato deu os passos seguintes. Foi ele a chantagear — use-se palavra exata — o dono das contas no exterior. Quando o Outro, sem saída, enxugou a lágrima que lhe escorria pelo rosto esticado, Renato lhe disse:

— É inescapável: eu sou a sua maior realização.

Nunca mais se viram. O Outro foi morar em Miami, como era previsível, e dali a dez anos morreria de infarto, durante uma orgia. O caso foi abafado. Um mês depois, foi inaugurado um busto do fundador do escritório. Calvo e em mármore, como o coração do demônio que se apossou de Renato.

O GRANDE IMPOSTOR

Ele havia abandonado a ideia de Deus como quem esquece o rosto dos pais mortos, as canções da avó também sepultadas, o bulício de almoços familiares que jamais teriam lugar outra vez, a lua vermelha que se erguera do mar numa noite adolescente, o porquê de ter amado aquela mulher, o porquê de não ter amado aquela outra, o porquê de ter sido amado um dia por uma terceira.

Abandonara aos poucos, sem dúvida de ordem teológica ou ruptura filosófica, sem que pudesse dizer exatamente quando acordara sem acreditar no Deus que lhe proporcionara pão e estudo. Abandonara porque se deixara abandonar à substituição das suas células crentes por outras descrentes. A fé liquefez-se nas apoptoses do processo natural. Mas a inexistência de Deus em seu interior quase em nada o demudou ou alterou a rotina de cardeal. Continuava a ler as escrituras, a debruçar-se sobre a história do catolicismo, a escrever sobre a obra divina, a pregar e a fazer o bem. Só não rezava mais de si para si. A liberdade ateia também não resultara em prevaricação. Permanecia atento aos ditames do código canônico, se não por convicção religiosa, por desinteresse nas relações humanas, afora aquelas que diziam respeito a seu trabalho. Vivia para a Igreja e para as boas causas com a inércia do carrasco que coloca a venda no condenado, passa-lhe o laço no pescoço, puxa a alavanca do patíbulo e volta para casa na hora do jantar.

Não era um cínico, visto que não auferia vantagens pessoais de sua condição, mas um ótimo profissional. Concluíra que o fato de ele próprio não acreditar em Deus estava longe de desabilitá-lo a agir em Seu nome. A prova estava nos resultados de sua ação: de tão vistosos, angariaram-lhe admiração dentro e fora da instituição à qual jurara fidelidade. E, além disso, não sabia fazer outra coisa, adestrado que fora para o ramo eclesiástico desde a juventude de filho de lavradores (era o sexto de oito irmãos).

Assim passava os dias, na desesperança tranquila de um só dia especial, quando morreu o papa que o nomeara cardeal havia uma década. Embarcou, então, para Roma, a fim de participar de seu primeiro conclave. Como de hábito em tais ocasiões, o isolamento imposto à eleição foi precedido por almoços e jantares políticos dos vários grupos purpúreos e respectivos agregados. Desses encontros, dos quais participara à margem, dois favoritos se firmaram: o Patriarca de Veneza e o cardeal de Praga. Ele estava propenso a votar no segundo, por parecer-lhe mais vigoroso, afável e por ser proveniente da cidade do Menino Jesus venerado pela mãe carola. Mas a sua não era uma simpatia coagulada. Na missa do *novemdiales* celebrada pelo tcheco, este lhe parecera burocrático demais — e seu latim decerto não era digno de um papa, fato depois comentado em algumas rodas cardinalícias. Já o latim do veneziano era perfeito, o que lhe contaria vários pontos.

Por fim, com todos os eleitores em Roma, as eminências trancaram-se no Retiro Santa Marta, no Vaticano, do qual só saíam para ir à Capela Sistina, onde eram realizadas as votações. A Sistina! Como lhe era difícil concentrar-se no processo, emoldurados que estavam pelos afrescos magníficos... De seu lugar na fileira mais afastada do *Juízo Final*, ele contemplava à esquerda, para além do pórtico em mármore branco, a *Punição de Coré, Datã e Abiram* — a versão de Botticelli para o episódio do Livro dos Números que relata uma rebelião contra Moisés e seu irmão, Aarão. Era uma de suas passagens bíblicas favoritas, porque podia ser lida como uma das primeiras revoltas políticas registradas em livro. Inconformados com a longa permanência no deserto do Sinai, Coré, Datã e Abiram, acompanhados de duzentos e cinquenta israelitas, levantaram-se contra o profeta que libertara as tribos judaicas da escravidão no Egito e as liderava na viagem rumo à Terra Prometida. Para castigá-los e inibir outras revoltas, Deus fez com que o solo em que os três pisavam se abrisse, engolindo-os à vista dos presentes:

Desceram vivos ao Xeol, eles e tudo aquilo que lhes pertencia. A terra os recobriu e desapareceram no meio da assembleia. A seus gritos, fugiram todos os israelitas que se encontravam ao redor deles. E diziam: "Que a terra não engula a nós também!"

Botticelli sintetizara a história em três tempos, a serem lidos da direita para a esquerda: Moisés é confrontado pelos rebeldes, reage secundado pelo fogo do Senhor e, ao final, a terra se fende sob os líderes da rebelião. O afresco tinha um detalhe intrigante, na terceira parte da narrativa: as figuras de dois homens, vestidos à antiga maneira florentina, que se mostravam alheios às cenas desenroladas ao redor. A indiferença deles seria uma representação do ateísmo? Quando aquilo terminasse, pesquisaria a respeito nos livros de história da arte ou, aproveitando a estada em Roma, pediria esclarecimentos a um especialista dos Museus Vaticanos.

Mas aquilo não acabava. O conclave prolongava-se por três semanas, tempo demasiado longo para as cronologias modernas, e o impasse permanecia. À de Veneza e Praga, agora juntava-se uma terceira candidatura ainda mais divisora: a do cardeal de Viena. O veneziano latinista, o tcheco simpático e o austríaco cerebral — tais eram os postulantes com que o Espírito Santo embaralhava os votantes.

A quarta semana de eleição chegava ao fim, quando ele foi procurado, em seu dormitório, pelos cardeais de Buenos Aires e Nova York.

— Encontramos um nome que pode nos devolver ao mundo — disse o argentino.

— Ótimo! — respondeu ele.

— Só falta a sua adesão — disse o americano.

— Se é para o bem da Igreja, podem contar comigo! — disse ele.

— Você é o homem — disse o argentino.

— ...

— ...

— ...

— Não pode ser — disse ele.

— Jovem, com um excelente trabalho pastoral, discreto, sem perfil ideológico agressivo e originário de um país fora da Europa. Você é a resposta ideal para as demandas atuais da Igreja — disse o americano.

— ...

— ...

— ...

— Preciso refletir... — disse ele.

— Você tem até amanhã — disse o argentino.

Naquela noite, seu companheiro de quarto, o arcebispo de Munique, foi dormir em outra ala.

Sozinho no coração do Vaticano, ele pensou o quanto seria bom que acreditasse em Deus, mesmo que com a singeleza das crianças em primeira comunhão. E imaginava-O entrando por aquela porta sem bater; e imaginava-O dizendo "Você está enganado, Eu existo!"; e imaginava-se respondendo com o silêncio de um abraço filial. E, então, O convidaria a sentar-Se à mesa ali no canto; e, então, Lhe prepararia um café na maquineta; e, então, eles conversariam até o amanhecer, não sobre o Bem e o Mal, que isso era matéria explorada, mas sobre a matemática, a química e a física divinas com que fora arquitetado o universo que abrangia dos vírus às nebulosas. E, então, por fim, o sol já alto, se despediriam com outro abraço emocionado, talvez um beijo em ambas as faces, e ele sentiria a pele de Deus sob seus lábios...

Mas a porta continuava fechada, e assim ficaria até o dia seguinte.

Remoía e remoía-se: podia um ateu tornar-se papa? O governo da Igreja era tarefa exponencialmente maior do que a administração de arquidioceses. Mais do que intelecto, exigia uma crença superior no Ser superior modelado e remodelado à imagem e semelhança do homem ao longo de séculos de história. Como defender dogmas, escrever encíclicas, pregar a milhões de pessoas — e não crer em Deus?

Ninguém, contudo, havia recusado a eleição para o Trono de Pedro. Ninguém. Nem mesmo o eremita Celestino V, o papa da grande recusa, se atrevera a refutar sua eleição. Qual poderia ser a sua justificativa para quebrar a tradição milenar? Que era ateu, impensável: o resultado seria o escândalo, talvez para além dos muros vaticanos, e o desterro perpétuo. Como sobreviveria sem a Igreja? Material e existencialmente, era impossível. Não tinha posses nem outras habilidades, e a vida lhe seria pior até do que aos padres pedófilos. Apesar do crime sórdido, eles não renegavam Deus e, portanto, ainda continuavam a merecer o abrigo da Igreja e a compaixão impossível a um descrente.

Deitou-se, fechou os olhos, tentou relaxar os músculos que lhe doíam. Na tela interna das pálpebras, projetou-se como papa, sob o baldaquino esculpido por Bernini na Basílica de São Pedro. Não era uma imagem ruim, decerto. Via-se vestido com a dalmática, a estola, a casula e o pálio preciosos. Via-se com a mitra sobre a cabeça. Via-se com o Anel do Pescador na mão direita e com o cetro na esquerda. Sob tantas camadas simbólicas, quem seria capaz de enxergar um ateu? Talvez nem ele próprio...

Precisava examinar o assunto com a frieza exigida pela situação.

O cardeal de Nova York havia ido americanamente ao ponto: ele cumpria os requisitos para superar o impasse que já estava para completar um mês e para o qual não existia alternativa. Pastor exemplar, jovem (de uma juventude relativa, mas juventude), dono de um discurso ideológico capaz de satisfazer às diferentes correntes eclesiásticas, nascido num continente periférico — e, não fora elencado, administrador competente e austero, outra qualidade requerida ao próximo papa, visto que as finanças da Igreja se apresentavam combalidas ao extremo, depois de dois pontificados esbanjadores. O lado objetivo era-lhe todo favorável. Faltava resolver aquela questão de Deus...

Recapitulou os senões levantados por ele próprio. A defesa de dogmas: já o fazia como cardeal, embora apenas quando muito necessário. Como papa, decerto teria de defendê-los com mais constância e veemência. No entanto, o fato de não ter "perfil ideológico agressivo", para usar as palavras do cardeal de Nova York, serviria como pretexto para que ele próprio diminuísse esse tipo de exposição perante o mundo. Encíclicas: por que não encará-las como literatura de caráter primordialmente moral? Carecia de bagagem filosófica, mas isso não havia sido um problema para João XXIII, por exemplo. E ele poderia contar com o auxílio do próximo presidente da Congregação para a Doutrina da Fé — o austríaco cerebral, aliás, era um ótimo nome para o cargo. Pregar a milhões de pessoas: talvez houvesse, aqui, mais um problema de timidez, de falta de talento para o teatro, do que um conflito de consciência. Uma missa campal era, afinal de contas, como uma missa qualquer. E ficaria ao seu arbítrio reduzir o número de grandes espetáculos públicos. Não, ele não seria um papa televisivo como seus predecessores imediatos. De certa forma, isso seria até bem-visto.

Quanto a Deus... O seu rosto iluminou-se com o que viria a considerar uma descoberta. Cândida, mas no contexto muitíssimo relevante. E a descoberta era de que a gradação da fé não guardava correspondência diretamente proporcional com os degraus da hierarquia eclesiástica. Um padre poderia ter mais dúvida do que um diácono, assim como um bispo em relação a um padre, um cardeal a um bispo — e, por que não, um papa a um cardeal. Talvez o natural fosse mesmo a correspondência inversamente proporcional: ser mais cético quanto mais alto o grau de autoridade. Uma certa dose de ceticismo não seria o subproduto inevitável da experiência e do conhecimento? Daí derivasse a premência dos altos dignitários em ser excessivamente dogmáticos nas palavras. Esconjuravam, desse modo, a dúvida que os assaltava no íntimo.

Havia diferença entre ter dúvida e não acreditar, simplesmente? Claro que sim. Mas, como não fazia do seu ateísmo uma profissão de fé, tal diferença cancelava-se. E, pensando bem, existia grandeza em ser ateu e continuar a zelar, do alto do Trono de Pedro, pela fé e os ensinamentos de Deus e da Igreja. Não havia entrega mais total do que essa, inclusive porque a recusa de um cardeal em virtude da descrença Nele afetaria também a instituição católica. Resultaria no escárnio dos seus inimigos e na instalação da desconfiança em seu seio — de fiéis para com pastores e de batina para batina. Um desastre.

A sua entrega seria como a de São Francisco, apesar do sinal invertido. O santo se entregara de corpo e alma ao ministério, por amá-Lo acima de todas as coisas, para restaurar princípios que andavam esquecidos — e, assim, salvar a Igreja. Ele se doaria para não prejudicar a Igreja, em que pesasse não reconhecer a existência divina — e, desse modo, até poderia recuperar princípios que voltavam a ser ignorados.

Listou em voz baixa os oito títulos de um papa: Bispo de Roma, Vigário de Jesus Cristo, Sucessor do Príncipe dos Apóstolos, Sumo Pontífice da Igreja Universal, Primaz da Itália, Arcebispo Metropolita da Província Romana, Soberano do Estado da Cidade do Vaticano, Servo dos Servos de Deus. Bento XVI havia revogado o nono título, de Patriarca do Ocidente. O papa alemão fizera, ao mesmo tempo, um gesto gentil que buscava superar as sequelas do cisma com as Igrejas Orientais e uma reafirmação sutil da autoridade de Roma sobre todas elas. Uma forma de dizer que o seu patriarcado não se estendia apenas sobre o Ocidente.

O título mais belo, a seu ver, era o de Servo dos Servos de Deus. A mediação expressa por ele se aplicava com perfeição ao caso — nada, nem o seu ateísmo, o impedia de servir aos que se consideravam servos de Deus. Talvez até pudesse extrair disso o seu mote em latim (todo papa tinha de ter um): *Servus Voster*. A expressão "Vosso Servo", além de não ter conotações místicas que aumentassem a hipocrisia que lhe seria essencial manter, era verdadeira quanto à sua disposição interna de entregar-se mais completamente do que nunca ao serviço dos que sustentavam a crença no Deus católico. Muito bom.

Agora que o mote estava escolhido, restava o nome a ser adotado. A quem homenagear? Um papa espiritual era inconcebível. O papa que o tornara cardeal? Não, óbvio demais, e ele não o admirava tanto assim em nenhum aspecto. Um papa do qual reverenciasse o intelecto? Sim, claro, mas qual? A resposta veio-lhe num curto-circuito: o inspirador do título que lhe proporcionara o mote, São Gregório Magno. (Como lembrou o veneziano latinista depois do conclave, Servo dos Servos de Deus era uma expressão que o santo usara numa carta, ainda na condição de bispo. Foi adotada posteriormente numa síntese da humildade que um pontífice, seguindo o exemplo do autor, deveria mostrar a seu rebanho e ao mundo.) São Gregório Magno também havia escrito aquele cativante estudo sobre o Livro de Jó, *Moralia*, a cuja leitura ele tanto gostava de voltar. Consultou o manual pontifício trazido por seu companheiro de quarto: o último papa Gregório, de número XVI, morrera em 1846, quase dois séculos atrás. Fazia tempo, portanto, que o nome não era utilizado, um ponto a mais em seu favor. Ótimo, seria, então, o papa Gregório XVII.

E foi já como Gregório XVII que ele, na manhã azul e fria, disse sim aos cardeais de Buenos Aires e Nova York. E foi como Gregório XVII que ele se viu saudado pelos que o elegeram ao Trono de Pedro. E foi como Gregório XVII que ele temeu que o chão da Capela Sistina se abrisse e o engolisse tal como o do deserto do Sinai aos hereges Coré, Datã e Abiram. Mas essa foi uma sensação passageira.

Gregório XVII reinou por quase vinte anos. Seu pontificado foi marcado pela discrição e tolerância possíveis a um papa. Desvios de conduta eclesiástica foram punidos com rigor, o que lhe proporcionou respeito genuíno entre as sociedades laicas e também aumentou o fluxo de doações internacionais para os cofres da Santa Sé. A Igreja fortaleceu-se em seu berço, a Europa, e a sangria de fiéis estancou-se na periferia do mundo. Gregório XVII aproximou a Igreja da comunidade científica e gostava de convidar pesquisadores dos mais diversos campos a fazer palestras no Vaticano. Sua encíclica, *Fides et Scientia*, foi louvada como uma reviravolta na visão católica sobre os experimentos na área da fertilização artificial. Ao afirmar que os conhecimentos científicos sobre a formação da vida eram também uma revelação divina, a encíclica abriu caminho para que a Igreja fosse menos intransigente quanto à manipulação de embriões. "A constituição *in vitro* de um ser humano pleno, à imagem e semelhança de Deus Nosso Senhor, justifica a realização de certos procedimentos laboratoriais", dizia o texto preparado com a ajuda do austríaco cerebral.

Depois de estender o sono matinal na capela particular onde simulava rezar em solidão, o papa gostava de passear pelos jardins do Palácio Apostólico, que ganharam feições de jardim botânico, inclusive com a construção de uma estufa. Quando se cansava dos cristos, madonas e santos que povoavam os ambientes, refugiava-se na ala de esculturas gregas e romanas dos museus vaticanos. Eram-lhe um descanso para a visão. Em seus aposentos privados, o único objeto sacro era o crucifixo de prata sobre a cabeceira da cama — que ele retirava da parede e guardava na gaveta de uma cômoda, antes de deitar-se. Numa manhã, a freira que lhe servia de camareira flagrou-o colocando o crucifixo em seu lugar. Ele explicou que se acostumara a dormir com a imagem do Jesus sacrificado a seu lado. Emocionada, ela espalhou a notícia entre os funcionários do palácio, que passaram a admirá-lo ainda mais. A partir daquele dia, ele não teve mais o trabalho de tirar e repor o crucifixo. A freira o deixava sobre a cama ao entardecer e também o pendurava na troca diária dos lençóis. Bastava ao papa não esquecer de retirá-lo da gaveta da cômoda, antes de ela adentrar o quarto.

A morte não lhe foi repentina, mas o processo foi rápido. Dos primeiros sintomas ao desenlace, a fibrose pulmonar o matou em três semanas. Na noite derradeira, com o crucifixo depositado à sua esquerda pela freira lacrimosa, Gregório XVII chamou o cardeal camerlengo — que, de acordo com o protocolo, se encarregaria de quebrar o Anel do Pescador e lacrar os aposentos papais imediatamente após a morte do pontífice.

— Vossa Santidade deseja confessar-se?
— Não, quero apenas fazer um desabafo.
— Estou às suas ordens.
— Eu...
— ...
— ...não acredito em Deus.

Gregório XVII viu o rosto redondo e risonho do camerlengo aproximar-se de seus olhos. Ao sentir a carícia nos cabelos ralos, um tremor percorreu-lhe o corpo esquálido — desde a infância, ninguém o havia acariciado. Foi num sussurro que a última frase chegou-lhe aos ouvidos:

— Você não foi o único.

O papa morreu em paz.

A VISITA QUE EDWARD HOPPER RECEBEU DOIS ANOS ANTES DE MORRER

Meu nome é Edoardo Arcatella. Apesar do nome de ressonâncias operísticas, nunca me interessei por música. Meu grande prazer era a pintura — e ela também é a minha maior frustração. A esta altura da vida (já estou dobrando os sessenta anos), sou obrigado a reconhecer a minha mediocridade com as tintas. Tento fazê-lo sem amargura e até experimentar nisso um sentimento de grandeza. Não expressa alguma grandeza o homem que aceita seus próprios limites? Debalde tentei conferir uma interpretação original ao mundo exterior. Também falhei ao me tornar mais introspectivo e enveredar por temas metafísicos. Não exagero ao afirmar que os fracassos sucessivos tanto lavaram os pigmentos de minha ambição que, em meu âmago, dela sobraram apenas os efeitos de um guache ordinário. Na falta de outras habilidades, e precisando trabalhar para sobreviver, tornei-me um pintor decorativo. Alterno cores berrantes com tons pastel, dependendo da conveniência do freguês. Dinheiro novo gosta de vermelhos e azuis fortes; dinheiro um pouco mais velho, de amarelos e marrons-claros. Ambos acreditam-me um artista. Não os desminto: a honestidade absoluta nem sempre é garantidora de um bom pão.

Mas quão vívida era a ambição do jovem Arcatella! Nos devaneios daqueles anos longínquos, cheguei a sonhar com a glória de Raffaello, gravada lindamente em seu túmulo:

Hic est ille Raphael timuit quo sospite vinci
Rerum magna parens et moriente mori

"Aqui jaz Raffaello, por quem a Natureza temeu ser vencida

E junto ao qual ela receou morrer, enquanto ele morria"

O epitáfio é magnífico também por subverter a frase de Apuleio, segundo a qual a arte é rival da natureza ao querer emulá-la: *Ars aemula naturae*.

Sim, almejei a glória de Raffaello, não tenho vergonha de dizer. E o fiz realizando pinturas que procuravam dar um novo sentido ao figurativo, na minha opinião a única forma pictórica, se não possível, que vale a pena. Critico o abstracionismo, não importa se geométrico ou expressionista, por considerar que deu vazão a charlatães — que nele viram uma forma de dissimular a falta de mão para o desenho, técnica necessariamente subjacente à arte com os pincéis. Sei que estudiosos achariam tal apreciação uma simplificação grosseira, até mesmo uma demonstração de ignorância. Mas me deixem discordar deles nesse aspecto, já que assenti quanto ao mais difícil — no que se refere à estreiteza de minhas obras. Tanto que até me ruborizo quando me refiro a elas como "obras".

Não que eu não reconheça certo talento na pintura gestual de um Jackson Pollock. Ainda me impressiono com o seu transe, registrado em filme, enquanto borrifa tinta numa tela sobre o chão. Mas, sinceramente, todas as manchas salpicadas por Pollock não me levam a transcender ou refletir sobre nada — o objetivo de qualquer realização que se pretenda artística. E mesmo os seus admiradores mais ardentes irão concordar que é impossível não embaralhar, na memória, os diversos conjuntos de borrões de sua autoria. Acaso tal confusão ocorre com as pinturas de Piero della Francesca? Ou de Monet? Ou de Balthus? De Monet, talvez...

É claro que não me escapa a intenção, de abstratos e afins, de conferir materialidade à pintura, de desmistificá-la, de exibir suas vísceras, seu processo, na esteira das ideologias economicistas que acompanharam o desenvolvimento industrial nos dois séculos precedentes. No entanto, se a arte pictórica nasceu como magia, como busca do sagrado, e depois se desdobrou em representação teológica e filosófica, seria legítimo cancelar-lhe tais aspectos e transformá-la em aglutinados de manchas e construções geométricas? Diriam os céticos da modernidade: já não podemos pensar como os autores das pinturas rupestres, que acreditavam adquirir poder sobre a natureza por meio dos desenhos de bisões e antílopes. Nem como os góticos e renascentistas, com suas *madonne e bambini* que serviam a propósitos didáticos, litúrgicos, consolatórios e também ao mais elevado deleite estético — o que inclui a referência, no mais das vezes oculta ao vulgo, a conceitos abstratos e mesmo políticos.

Ah, os céticos e sua obsessão por certo tipo de proibições...

Por que não podemos?, devolvo eu. Acaso os avanços modernos e toda a sua ênfase na materialidade não constituiriam uma ilusão maior sobre a extensão do nosso domínio sobre a natureza? Uma promessa de felicidade mais vã do que a vislumbrada pelas religiões?

A propósito dessa ilusão bastante arrogante, gosto de citar a *operetta morale* de Giacomo Leopardi, um dos meus autores favoritos, intitulada *Dialogo della Natura e di un Islandese*. No início do século XIX, Leopardi já antecipava a vacuidade do então nascente otimismo moderno, ao reconhecer na natureza uma grandeza inalcançável ao gênio humano e uma indiferença absoluta em relação à nossa espécie. Personificada numa mulher gigantesca, ela diz a um islandês que visitava a África:

"Imaginavas talvez que o mundo tivesse sido feito por vossa causa? Agora sabes que nas minhas formas, nas minhas ordenações e nas minhas operações, à exceção de pouquíssimas, tive sempre outra intenção que a felicidade ou a infelicidade dos homens. Quando eu vos ofendo de algum modo e com qualquer maneira, não percebo, a não ser raríssimas vezes: assim como, quando vos deleito ou beneficio, também não sei."

E a natureza conclui:

"E, finalmente, se me ocorresse de extinguir a vossa espécie, eu não perceberia."

Os livros desse desencantado e realista Leopardi foram meu vade-mécum durante os anos imediatamente posteriores à descoberta de minha falta de talento como pintor. Até certo ponto confortou-me saber que tanto as minhas telas ruins como as de um Leonardo ou um Michelangelo compartilhavam da mesma inutilidade no desenho do universo — uma conclusão minha, não de Leopardi, fique claro.

Se nada faz diferença, o que faz então... a diferença? Ah, senhor, a ilusão desencadeada pelo Belo, não tenho dúvida. O Belo é a salvação efêmera a que temos direito. É ele que distancia a minha pintura ruim da dos grandes mestres — e os distancia dessa profusão de manchas e explícita geometria que embasbaca a maioria dos atuais especialistas. O Belo que confere aura de nobreza às formas da natureza e, assim, as melhora. O Belo que nos faz crer, por um átimo, na transcendência humana. O Belo que, desse modo, só existe na arte figurativa.

Minha concepção comporta alienação da realidade circunstante? Que seja. Ilusão por ilusão, prefiro a antiga à moderna.

Desculpe se o cansei, eventual leitor, com tantas evoluções de raciocínio. Elas servem de ponto de partida à história que me propus a contar — e que, de agora em diante, narrarei da maneira mais objetiva possível.

Quinze anos atrás, mudei-me de minha Roma natal para este vilarejo incrustado numa colina chamado Anticoli Corrado. Saí de Roma não em busca de uma vida mais tranquila, mas porque me doía o contraste diário com os grandes do passado. Aceitar a própria mediocridade não significa ter de vê-la reafirmada a cada passo que se dá, convenhamos. Pesou também o fato de a vida romana estar muito cara para um homem, não exatamente pobre, mas de posses limitadas como eu.

Como eu descreveria Anticoli Corrado? Vejamos... Separada por cem quilômetros, mais ou menos, de Roma, é um lugarejo de menos de mil habitantes, com casinhas e ladeiras medievais, uma igreja bonitinha do século XI e uma praça em cujo centro há uma fonte esculpida por Arturo Martini. Para os turistas, poucos, é um daqueles passeios de fim de semana, quando se quer respirar ar puro e ter um almoço rústico, com vistas rurais. No século XIX, artistas romanos iam buscar em Anticoli Corrado jovens mulheres, de feições e contornos saudáveis, que eram santas nos quadros e putas na cama. Junte-se a isso o fato de algumas dezenas de nulidades da pintura terem escolhido o vilarejo para morar e está justificada a fama de "cidade da arte e das modelos" — motivo adicional de atração dos visitantes que, depois de perder tempo na pinacoteca municipal ao lado da minha casa, correm para a sua refeição de feições campestres.

Minha rotina em Anticoli Corrado é imutável. Trabalho na parte da manhã, para aproveitar a luz que preenche quase todos os ângulos do meu estúdio no sótão, e duas vezes por semana almoço no restaurante de Antonello, um sardo que se mudou para cá há trinta anos, parece que fugido de uma questão de honra em sua aldeia (Antonello é um insular de almanaque: não gosta de falar sobre nada, muito menos sobre si próprio, daí o meu apreço por ele e seu restaurante). Depois do almoço, faço a sesta e, quando o sol já está mais baixo, caminho até o ponto, no campo, de onde se tem a melhor visão do rio Aniene e da majestade dos Apeninos ao fundo. Anticoli, aliás, tem esse significado: do latino *ante colles* ou "em frente às montanhas". Já Corrado, por seu turno, foi o mais reverenciado senhor desta pequena plaga. Herdou-a de seu avô, o suábio Frederico II, imperador do Sacro Império Romano na primeira metade do século XIII.

Ao crepúsculo, de volta do passeio, sento-me sempre à mesma mesa do mesmo bar na praça da cidade, para tomar um copo de vinho e observar o contraste entre a arquitetura medieval e a fonte de

Arturo Martini — o artista que, ao desistir de esculpir, decretou por escrito o fim da escultura. Nos dias menos pessimistas, acho sua atitude um ato de narcisismo. Nos dias mais pessimistas, reconheço seu realismo. Quando soam as sete horas, recolho-me. Assisto ao noticiário na televisão, tomo uma sopa e, na cama, leio um trecho de um autor clássico. O mais assíduo em minha cabeceira tem sido Dante. Da *Commedia,* prefiro, como a maioria dos leitores, creio eu, o *Inferno* e o *Purgatorio* ao *Paradiso*. Mas o *Paradiso* é melhor para combater a insônia.

Explico. Os temas e versos do *Paradiso*, com sua Beatrice santificada e todas aquelas considerações sobre o amor divino, são menos emocionantes do que os dos cantos que os precedem — e, portanto, menos inspiradores do ponto de vista iconográfico. Basta comparar as ilustrações feitas pelo francês Gustave Doré: as do *Inferno* e do *Purgatorio* são bem superiores. Mas não é apenas por ser um tanto tedioso que o *Paradiso* é efetivo contra a *minha* insônia. É porque o seu idealismo filosófico tem o efeito de pacificar a minha alma:

Qual è'l geomètra che tutto s'affige per misurar lo cerchio, e non ritrova, pensando, quel principio ond'elli indige...

Como pode uma mesma religião resultar em Dante e no espetáculo de vulgaridade ao qual se assiste há dois mil anos? Jamais tive paciência para as manifestações do populacho. O seu demônio de feições caricatas, com chifres, rabo, cavanhaque, pele e olhos vermelhos: costumava rir dessa bobagem, como o fazem os homens de espírito. E ainda rio, embora... Ainda na juventude o catolicismo tornou-se, para mim, mera referência cultural, substituído que foi por aquele ateísmo envergonhado chamado agnosticismo — mas a verdade é que, desde a ocorrência do fato que relatarei a seguir, a minha dificuldade para dormir passou a requerer exorcismos à vigília. A leitura do *Paradiso* é isso, um exorcismo intelectual.

Usarei o termo exato, vá lá: a minha dificuldade para dormir chama-se medo. Medo de vê-lo na penumbra do meu quarto. Ou melhor, de revê-lo — se é que foi ele mesmo quem vi. Mesmo dormindo, não me livro desse pavor. Num sonho recorrente, a criatura entra pela minha boca escancarada à força, depois de recolher as asas enormes e pretas, de pássaro, como as dos anjos pintados por Ghirlandaio. Horrível. E pensar que, até pouco tempo atrás, o demônio era tão somente uma alegoria gaiata, associada graciosamente à arte. Graciosamente, e não...

Houve um período em que me deleitava com as histórias que lhe eram atribuídas, várias das quais incluídas no livro *Il Diavolo*, de Giovanni Papini. Divertia-me, sobretudo, a alegada participação demoníaca na vida de músicos como Giuseppe Tartini, virtuose do século XVIII. Deixe-me transcrever o relato de Papini:

O diabo entrou pessoalmente na história da música no ano de 1713. O famoso violinista e compositor Giuseppe Tartini tinha então apenas vinte e dois anos e era hóspede do Sagrado Convento de Assis. Uma noite, enquanto ele dormia numa cela do convento, apareceu-lhe em sonho o diabo, que, tendo na mão um violino, começou a tocar com seu estilo extravagante e desconcertante, conseguindo extrair do instrumento inauditos efeitos de bravura, desconhecidos aos concertistas daquele tempo. O diabo zombava e se contorcia, enquanto executava com crescente arrebatamento aquela música infernal, e, quando terminou, desafiou o virtuoso adormecido a repetir com seu instrumento aquilo que havia ouvido. O jovem Tartini acordou sobressaltado e, apesar de perturbado pela emoção suscitada pelo sonho, tentou repetir com o seu instrumento, e depois transcrever em notas, o que o diabo o fizera escutar. Não conseguiu, naturalmente, refazer toda a sonata diabólica, mas o pedaço que pôde lembrar permanece ainda entre suas obras com o título de Trinado do Diabo. *A composição contém tamanhas inovações de técnica que os históricos e os críticos a consideram como o princípio de uma nova época na arte do violino. Tartini executou o Tri-nado em muitos dos seus concertos, mas ele só foi publicado durante a Revolução Francesa, em 1790.*

Não se trata de uma lenda. O próprio Tartini contou numa carta essa estranha aventura e encontramos um longo relato dela em Viagem à Itália, *de Lalande, publicado em 1769. Essa aparição do diabo parece ainda mais diabólica quando se pensa que ocorreu num convento franciscano, na própria terra do maior imitador de Cristo do qual se vangloria a Cristandade. Assim como outras, também aquela de Tartini foi uma tentação não de todo maligna e funesta, porque ajudou a sorte e glória do jovem músico e operou um autêntico progresso na arte.*

Papini também conta em seu livro como a fama diabólica acompanhou outro violinista, o virtuosíssimo Niccolò Paganini. Tanto que em Nice, cidade onde morreu em 1840, recusaram-se a enterrá-lo em terra consagrada. Acho que não me recusarão um funeral digno...

Foi no começo deste inverno que agora finda. Eu voltava do meu passeio vespertino, quando avistei um desconhecido sentado à minha mesa do bar da praça — mais exatamente, na minha cadeira. Como nada pudesse fazer a respeito da apropriação indébita, a não ser dirigir-lhe um olhar de reprovação, ocupei uma mesa na outra ponta da varanda toldada. Devia ser um turista desgarrado. Não lhe prestei maior atenção e, terminado o vinho, fui-me embora.

Na tarde seguinte, eis que deparo novamente com o homem no meu lugar. Instalei-me ao lado, arrastando cadeira e mesa, numa demonstração irritada. Ele não se moveu, mas percebi o desenho de um sorriso em seus lábios raspados à espátula. Aquilo me aborreceu tanto que renunciei ao copo de vinho.

No terceiro dia, idêntica cena. Dessa vez, no entanto, ao desgosto juntou-se a curiosidade. Sentado a duas mesas de distância, pus-me a observá-lo, na ilusão de que não se dava conta. Ele parecia ser pouco mais jovem do que eu, alguém na segunda metade dos cinquenta anos. Seu cabelo era vasto e grisalho; seus olhos, cerúleos; sua pele, muito branca e levemente sulcada na testa. Por baixo do sobretudo preto, parecia haver um corpo bem-proporcionado. Mas o que chamou mais a minha atenção foram as suas mãos escuras, descarnadas, de dedos longos e unhas grossas. Elas apreendiam copo e garrafa tal como as garras da águia colhem a lebre na rapina —

e, nos momentos em que a mão esquerda levava o vinho a ser sorvido pela boca fina, o contraste de sua tonalidade com o rosto pálido ficava mais evidente.

Estremeci quando ele, atravessando-me com o olhar, dirigiu-me a palavra:

— O senhor é pintor, me disseram.

A voz era rouca, de fumante, embora guardasse certo timbre aveludado. A impressão de que o som de sua fala não era sincrônico aos movimentos da boca fez com que me retardasse um pouco na resposta:

— Sim, pode-se dizer que sou.

— Por que "pode-se dizer"? O senhor é um diletante?

— Não, a pintura é meu ganha-pão.

— Então, o senhor é pintor.

— Sim, sou. É que... Nada.

— O senhor não gostaria de sentar-se à minha mesa?

— ...

— Na verdade, esta é sua mesa. Soube hoje, pelo garçom, que o senhor costuma sentar-se aqui. Peço-lhe desculpa por ter ocupado o seu lugar nos últimos dias. É que o enquadramento da praça proporcionado pela posição desta mesa é perfeito, e eu...

— ...

— ...aprecio a perfeição.

— ...

— ...

— O senhor não me deve desculpa nenhuma, a mesa não é minha...

— Junte-se a mim, eu insisto.

— ...

— ...

Sentei-me à sua frente, cedendo a uma resistência interior inexplicável apenas pelos ditames da simples cerimônia. Ele pediu mais uma garrafa do tinto caro que bebia e retomou a conversa:

— Acho a pintura uma arte magnífica. A mais sublime, eu diria. Está um degrau acima da escultura e vários além da literatura...

— Da literatura? E quanto a Dante, por exemplo?

— Dante, conheço-o bem: ele era um artista cujas tintas eram as palavras...

— E a música? O senhor a esqueceu.

— Ah, a música... Pode-se atribuir aos homens a linguagem dos anjos da qual eles são meros tradutores?

— Um místico...

— Como queira.

— Curioso, esse comentário sobre a música me lembra um livro de Papini: *Il Diavolo*.

— O velho católico...

— Sim. Na parte em que ele fala de Tartini e Paganini...

— Boas histórias, conheço.

— Mas não foram anjos, e sim o demônio que os adestrou.

— O anjo caído é sempre um anjo, não lhe parece?

— Tem razão.

— Esqueci-me de dizer o meu nome: Agramainio Volo, muito prazer.

— Edoardo Arcatella, o prazer é meu.

— Senhor Arcatella, vou deixar de lado as considerações poéticas ou místicas, para ir direto ao ponto: a música não me agrada. Embora exista engenho na sua composição, ela é simples artimanha nos seus efeitos — bem ao gosto, aliás, creio eu, das criaturas angelicais que cercam Deus. Não importa o estilo, a música proporciona ao homem a ilusão de grandeza, o faz sentir-se maior do que realmente é, mesmo que ele seja o mais reles dos seres. Coloque um ladrão para ouvir Beethoven e, pouco depois, lá está o vagabundo a achar-se um herói justiceiro... Já a pintura, não. Ainda que retrate um soberano poderoso ou um burguês riquíssimo, o artista pode embutir um comentário que reduz o personagem à sua dimensão mesquinha, transitória — a real dimensão humana. Em uma dezena de pinceladas, está feito o trabalho que um escritor levaria páginas e páginas para executar, e nem sempre com idêntica perspicácia. Sou de opinião que, como a pintura é a mais elevada das artes, um bom pintor deveria ser o mais reverenciado dos homens, ao passo que um mau pintor, o mais execrado.

— Pertenço à categoria dos execráveis.

— ...

— ...

— Talvez o senhor seja demasiado duro consigo próprio.

— Uma autoexigência rigorosa é a maior garantia de não sucumbir ao ridículo.

— O senhor tem razão. Eu mesmo sou muito exigente em relação ao meu trabalho.

— O senhor faz o quê?

— Promovo talentos na arte e na ciência.

— Um mecenas?

— Um mecenas, pode-se dizer.

— E o senhor está em Anticoli Corrado à procura de um talento?

— É a cidade dos artistas, não?

— Mas não dos talentos.

— ...

— ...

— A seu talento recôndito!

Retribuí ao brinde inusitado. Em seguida, ele me perguntou que tipo de pintura eu mais apreciava, ao que respondi com o elogio da arte figurativa.

— Oh, o senhor tem toda a razão! Também eu não enxergo altitudes ou profundezas nos abstracionismos.

Enveredamos pelos temas abordados no início deste meu relato. Agramainio era homem de cultura prodigiosa. Seus conhecimentos de pintura, escultura e arquitetura faziam-me sentir como o diletante de Quintiliano: *Docti rationem artis intelligunt, indocti voluptatem.** Ele havia educado seu olhar nos melhores museus do mundo civilizado e também em coleções privadas fechadas ao público. Parecia não existir cidade na Europa que não tivesse visitado inúmeras vezes. Catedrais, conhecia-as todas, e em detalhes (fosse mesmo o demônio, não lhe seria vetada

---

* *Os doutos compreendem as razões da arte, aos não doutos resta apenas o seu deleite.*

a entrada?). Admirava a radiância da de Chartres, escarnecia dos excessos da de Milão, estimava a vetustez da de Canterbury, entusiasmava-se com as proporções da de Fiorenza (pronunciava o nome da cidade assim, ao modo antigo). Ruínas gregas e romanas, descrevia-as em minúcias de arqueólogo. Dos afrescos e salões da Domus Aurea, explorada por renascentistas quando ainda era catacumba sob o Esquilino, falava com emoção particular, como se ali tivesse vivido durante o esplendor da corte de Nero. Era, ainda, leitor voracíssimo. Do clássico Vitrúvio ao marxista Argan, os mais célebres tratados e ensaios sobre arte passaram por seu crivo — e, fato que julgo surpreendente, mesmo dos escritos cujo arcabouço ideológico caducara pelo andar da história, ele conseguira extrair lições imanentes.

Nosso diálogo sobre arte não coube numa única tarde, mas se estendeu por outras tantas. E também por manhãs de passeios nos arredores da cidade e de almoços em restaurantes campestres. Foi no décimo dia desse encontro prazeroso que eu lhe disse, já na condição de amigo:

— Você está certo quando discorre sobre o caráter revelador da pintura. Mas e quanto à ilusão que ela também pode proporcionar? Ou não seria ilusão o arrebatamento causado por uma tela de Botticelli ou Leonardo? A ilusão de que somos mais do que um amontoado de carne e ossos... Sou esse pintor medíocre justamente por não ter essa capacidade. Quisera eu pudesse propiciar algo semelhante a uma epifania...

— Quanto engano, Arcatella! Você acha realmente que um grande mestre busca a ilusão quando pinta? Ele procura a realidade, mesmo que seu tema seja ilusório. O que você chama de epifania não é a revelação do sagrado, mas o contrário: a revelação da humanidade. Caravaggio, Michelangelo, *tutti quanti*...

— ...

— Vou lhe fazer uma proposta.

— ...

— Use-me como tema.

— Retratá-lo?

— Sim.

— Não, seria um desastre...

— Insisto.

— Há anos só me dedico a temas decorativos...

— E daí?

— Não acho que seria possível ultrapassar os limites da simples ilustração...

— Sou de opinião contrária.

— Você nunca viu um trabalho meu.
— Mas posso dizer que conheço sua alma. E ela é de um grande artista.
— Deixe de brincadeira, Agramainio.
— Eu pago um bom preço.
— Não se trata disso.
— Você não tem nada a perder. Se achar que o resultado ficou ruim, não precisa me mostrar.
— ...
— ...
— Você só me paga se eu achar que ficou razoável.
— Feito. Começamos amanhã?
— Amanhã de manhã.

Um jovem estudante às vésperas de uma prova final não teria ficado tão ansioso quanto eu naquela noite. Não consegui dormir, nem ler, nem me masturbar, esse ansiolítico natural de que os homens lançam mão, com o perdão do trocadilho, até a idade mais provecta. Levantei-me à primeira luz da manhã e, realizadas as abluções de praxe, esperei até que a campainha soasse.

Agramainio foi pontualíssimo, e continuaria a sê-lo pelos próximos quinze dias, tempo que levei para concluir minha obra.

Sim, aquela foi uma obra! Prima e única.

Ele se apresentou em seu costumeiro traje preto, mas não se opôs a enrolar ao pescoço o cachecol marrom-claro que lhe dei para estabelecer uma transição entre o negro da roupa e o branco de seu rosto. Eu o fiz sentar-se próximo à janela do estúdio, com um livro nas garras de águia. Entre as opções que lhe foram dadas, ele escolheu justamente *Il Diavolo*, de Papini. "Não existe nada melhor do que um autor católico. Eles me divertem com sua tentativa de conciliar razão e religião", comentou, antes de postar-se em seu lugar.

Enfileiraram-se quinze manhãs esplendorosas. A luz filtrada pela cortina diáfana revelava saliências e reentrâncias tanto na pele de Agramainio como em suas vestes — e elas, as saliências e reentrâncias, contrastavam com o vermelho da capa do livro, imune aos relevos proporcionados pelo sol matinal. Enquanto meu modelo lia absorto, com um sorriso, os capítulos de Papini sobre o demônio, todos os matizes da cena eram traduzidos por mim como se os pincéis fossem uma extensão natural dos meus dedos e os pigmentos repassados à tela vertical, a linfa que circulava por meu corpo. Parece exagero, mas jamais me senti tão vivo. Eu era a pintura e a pintura era eu. E agora sei que nunca mais experimentarei a mesma sensação. Hoje posso dizer que, naquele exíguo interregno, fui um Vermeer. Sim, um Vermeer moderno! Moderno no traço e no tema: em vez de damas em flor ou empregadas rechonchudas, o retratado era ele, o maligno, pela primeira vez mergulhado numa atmosfera caseira semelhante às das pinturas do holandês de Delft. O meu era um diabo lindamente melancólico. Se é que era mesmo o diabo...

Na décima sexta manhã, sem a presença de Agramainio, finalizei a pintura. E permaneci absorto na sua contemplação por um tempo que não conseguiria precisar. Espantava-me ser eu o autor daquela tela. Finalmente, havia entrega pessoal, transbordamento sensorial e universalidade conceitual numa obra minha — todos aqueles atributos que fazem de uma construção, qualquer uma, arte. No entanto, ao cair da tarde, à perplexidade e ao orgulho adveio um esgotamento estranho. Sentia-me esvaziado de algo que nunca tivera. Dormi sem jantar.

No dia seguinte, cedo, Agramainio estava à minha porta. Apesar da extrema satisfação com meu trabalho, sentia-me inseguro. Será que ele reagiria com entusiasmo, se não idêntico, próximo ao meu, diante do retrato que se recusara a apreciar durante a feitura? Será que ele seria capaz de esconder a sua decepção ou, pelo menos, atenuá-la um pouco?

Deixei-o sozinho no estúdio, para que examinasse a obra sem o meu olhar indagador. Na cozinha, enquanto preparava um café, fui surpreendido pelo aplauso de Agramainio atrás de mim.

— Bravo! Ficou magnífico! Você capturou a minha alma! Estou lá por inteiro: gostei especialmente do sorriso sutil... Eu sabia que você seria capaz de executar uma pintura estupenda!

— Você está sendo completamente sincero?

— Completamente!

— Muito obrigado!

— Aqui está a recompensa.

Ele me estendeu um envelope pardo, retirado do bolso de seu capote. Dentro, havia um maço de notas de cem euros suficiente para bancar a minha vida pelos próximos dois anos.

— Não lhe parece muito, Agramainio?!

— Não, senhor, é um valor perfeitamente justo!

— Muito obrigado! Mas você não precisava me pagar em dinheiro. Poderia ter feito uma ordem de pagamento para a minha conta bancária...

— Sou contra recompensas virtuais, meu amigo. Não existe recompensa maior do que sentir o volume de muitas notas de grande valor, o cheiro do dinheiro que não circula entre a gentalha... *Lucri bonus est odor ex re Qualibet.** Precisamos comemorar! O que você está fazendo?

— Um café e torradas...

— Que café, que torradas...Vamos tomar um vinho branco lá na praça: teremos um dia esplêndido de inverno mediterrâneo!

Mergulhados no sol frio, ele fez um brinde ao meu talento.

— Um artista de uma pintura só não pode ser considerado talentoso, Agramainio.

— Acaso Leonardo tivesse deixado uma única pintura, ele deixaria de ser Leonardo? Ou ele se tornaria tão mais Leonardo graças à unicidade de sua tela?

— Ele não seria, certamente, um protagonista da história da arte.

— Mas é essa a sua preocupação, ser protagonista da história da arte? Pois o que lhe propus, e você conseguiu brilhantemente, foi ser protagonista da sua própria arte. Já não basta?

— Sim, fui feliz por uma única vez, pelo menos... Mas fico pensando como deve ser bom alcançar o sublime a cada trabalho, experimentar a grandeza em todas as telas pintadas.

---

* *O cheiro do lucro é bom, não importa a sua origem.*

— Você me lembra Hopper.
— Edward Hopper, o americano?
— Ele mesmo.
— Nunca vi uma pintura sua, só reproduções em livro. Mas o admiro: ele não caiu na armadilha cubista.
— Você sabia que ele só conseguiu vender a primeira tela quando já contava mais de quarenta anos?
— Não.
— E você sabia que, no final da vida, pobre, doente e praticamente afastado da pintura, ele estava mais deprimido do que nunca?
— Quem não estaria?
— Sua depressão se agravou também porque, além de ser atacado pelos abstracionistas, ele achava que se havia tornado um simulacro de si próprio.
— ...
— Ninguém jamais soube desse fato.
— O simulacro?
— Sim. Nem a mulher dele, Jo Nivision, que descreveu a vida do marido em diários. Ambos se casaram com quarenta e um anos, com ela ainda virgem. Não me admira: era uma mulherzinha execrável, controladora.
— E como você soube da frustração de Hopper?
— Intuí.

— Intuiu?

— ...

— ...

— Sim, mas o que importa é que ele experimentou uma autorredenção artística antes de morrer, por meio de uma obra inteiramente original. Vou lhe contar essa história:

"Era uma tarde de primavera, mais fria do que o habitual em Nova York, quando Edward Hopper recebeu em seu estúdio, em Washington Square, a visita de um homem que insistia em visitá-lo. Ele telefonara duas semanas antes e, diante da resistência de Hopper em marcar um encontro, argumentara que atravessaria o Atlântico só para esse compromisso — compromisso que, enfatizara, era urgente. Avesso a ampliar o seu restrito círculo de conhecidos, mas necessitado de dinheiro, o pintor assentiu em abrir um horário para o estrangeiro que se afigurava um comprador de arte. Só poderia ser essa, antecipava, a sua premência: a aquisição de uma ou mais pinturas suas.

"Ao abrir a porta, Hopper deparou com um senhor na faixa dos sessenta anos, de estatura mediana para alta. Seu aspecto irradiava uma riqueza antiga, de denários, áureos, dobrões e florins, efeito sublinhado pela bengala de castão leonino e o perfume amadeirado que, nas narinas do anfitrião, mitigava o ar gélido da tarde outonal.

— Senhor Hopper, é um enorme prazer conhecê-lo.

— Entre, por favor, senhor...

— Angelico Dappertutto.

— Ah, sim, desculpe, não costumo anotar nomes

— Compreendo, é um artista.

— Não, um distraído, mesmo. Sente-se, por favor.

— O senhor está sozinho? A senhora Jo não...

— Não, não está. Ela, por acaso, o conhece?

— Não... É que sei que ela é seu braço direito, e tinha alguma curiosidade em conhecê-la.

— E também o braço esquerdo...

— Sim, claro...

— ...

— Bem, estou interessado numa pintura sua.

— Imaginei que sim. Tenho algumas telas finalizadas lá atrás, se o senhor quiser ver...

— Não, obrigado. Não por falta de interesse, mas porque a pintura que desejo adquirir teria de ser feita sob encomenda.

— Não costumo trabalhar com encomendas desde que deixei de ser ilustrador há muitos anos.

— Sei disso, mas o que lhe gostaria de propor não é o meu retrato ou de alguém da minha família. Não, senhor, não sou como um burguês do século XVII, não tenho tal veleidade.

— ...

— Tive a ideia de lhe fazer uma encomenda, que espero ser aceita, depois de ler uma frase sua, numa entrevista.

— Que frase?

"O visitante abriu um caderno de notas tirado do bolso do casaco e leu em voz alta:

— 'Tantas coisas em arte são expressão do inconsciente que, por vezes, tenho a impressão de que todas as qualidades importantes têm origem lá — e de que muito pouco do que realmente importa é criado pelo consciente.'

— É, eu me lembro de ter dito isso.

— Pois bem, me ocorreu que o senhor poderia pintar um autorretrato que fosse a expressão de seu inconsciente.

— Não faço arte expressionista, senhor Dappertutto.

— É claro que não. Sua pintura não recorre a truques de distorção para ser bela, profunda, reveladora. O senhor está à altura dos grandes mestres do meu país, a Itália.

— Obrigado. Um autorretrato...

— O senhor já fez dois, eu sei, mas esse seria, digamos, o definitivo.

— É uma proposta original...

— E eu pagarei muito bem pela tela.

— Vou pensar.

— Não tenho pressa.

"Hopper viu na proposta do autorretrato um sopro de vida e uma saída para seu marasmo criativo. Ainda que bastante debilitado, lançou-se a fazer estudos sobre o tema, em carvão. Como Dappertutto era italiano, teve a ideia de representar a si próprio como um personagem da *commedia dell'arte*: Arlequim. Mas um Arlequim solitário lhe pareceu um tema batido. Ao lembrar-se do interesse do cliente por Jo, resolveu incluí-la na pintura — como se fosse uma Colombina quacre, com touca à moda daquelas pioneiras. Sim, aquilo era bem diferente de todas as telas executadas por ele até então. Nada de paisagens da Nova Inglaterra ou de personagens americanos imersos na solidão da metrópole. Um outro Hopper dali emergiria.

"Escolhida a caracterização, ele precisava estabelecer o contexto para as duas figuras. Um dos estudos traz o Arlequim-Hopper e a Colombina-Jo executando um passo de dança, de mãos dadas, ao lado de um pianista e observados por uma assistência. Mas isso lhe pareceu despropositado. Melhor seria colocá-los num palco. Num palco igualmente italiano, como se agradecessem, depois de um espetáculo, a uma plateia invisível ao espectador. Foi o que fez. Sobre esse palco, o branco das roupas de Arlequim-Hopper e Colombina-Jo contrasta com o fundo negro que parece prestes a engoli-los. É uma obra que destoa no conjunto deixado por Hopper. Foi sua última pintura, terminada no outono de 1965. Intitula-se *Dois Comediantes*. Em maio de 1967, ele morreria sentado em sua cadeira, no seu estúdio. Nove meses depois, Jo também se iria. Fim da história."

— ...

— ...

— O que aconteceu com a obra?

— Continua nos Estados Unidos, integra uma coleção particular. Angelico pagou por ela, mas a deixou com Hopper.

— Por que, então, ele a encomendou?

— Dappertutto foi explícito: para que Hopper desse vazão a seu inconsciente e, assim, outra vez fizesse uma grande pintura. O autorretrato definitivo, como ele mesmo disse.

— A cena do quadro, uma despedida, o fundo escuro — é como se Hopper prefigurasse a própria morte e a da mulher.
— Exatamente.
— Foi Dappertutto que lhe contou essa história?
— Não.
— ...
— ...
— Não compreendo. Se não foi ele, se Jo não escreveu sobre o episódio, como você...

Agramainio sorriu, encarando-me com os olhos cerúleos, sem dizer nada.

— Angelico não existiu, é isso?
— ...
— E você, quem é você?
— ...
— Você não existe...
— E o que é a existência humana, Arcatella, se não uma construção do desejo, uma representação mais ou menos artística conforme o talento de cada um? Eu existo porque, em seu íntimo, você quis que eu existisse. E, nessa existência que agora chega a seu termo, lhe deixarei o retrato que você fez de mim, da mesma forma que Angelico deu a Hopper, seu criador, a tela dos comediantes. Foi uma bela construção, a sua, você há de reconhecer.

Agramainio então se levantou, olhou em redor como se observasse Anticoli Corrado pela derradeira vez, aspirou fundo o ar frio da manhã e desapareceu em direção ao campo.

Desde daquela época, como já disse, minhas noites nunca mais foram as mesmas. Além do pavor noturno, Agramainio legou-me a indagação: se Hopper pintou a sua despedida deste mundo, teria eu pintado a minha, sob a forma de um demônio que habita apenas a minha alma e nela ocupa todos os recônditos?

Estou propenso a acreditar que sim: jamais consegui admirar outra vez o retrato que agora jaz no porão da minha casa, encoberto por um lençol. A minha grande obra, a única, é como se fosse um eu que não pudesse ser revelado — e isso me fere mais do que se nunca a houvesse realizado.

É um borrão que se quis figura. É como saber-se morto a cada minuto de sua própria vida.

UMA PALAVRA*

O mundo pode ser divertido e proporcionar momentos de alegria genuína, mas o que faz a boa literatura é a infelicidade. Ela, a infelicidade, é a roda do mundo do escritor. Os melhores romances e contos são aqueles em que os protagonistas são movidos por angústia, tormento, sofrimento. A dor de existir, enfim. Se o romance *O dia em que matei meu pai*, os contos de *O antinarciso* e, agora, estes de *A boca da verdade*, todos pautados pela dor de existir, são boa literatura, fica a critério do leitor. Da minha parte, segui o que considero ser o caminho literário. Mas posso dizer que o julgamento alheio, embora esteja longe de menosprezá-lo, não me faz desviar da rota. Isso porque, do meu estrito ponto de vista, a literatura é um trabalho solitário do qual se aufere um sentido de realização igualmente solitário. E efêmero. Dura apenas da confecção da primeira à última

---

* Versão modificada do posfácio à edição portuguesa de *O dia em que matei meu pai*.

página do que se está escrevendo. O que vem depois não é da minha conta, por mais que elogios sejam bons e críticas, não.

Com a literatura, não quero ser ninguém. Explico: não quero descobrir quem sou ou perscrutar a realidade circundante de modo a adquirir novos contornos. Ela é uma tentativa pessoal de descobrir quem não sou e o que a realidade que me cerca não é. É uma procura pelo que há por detrás dos papéis que encarno nos diferentes planos do cotidiano, nem todos do meu agrado, e também pelo que este cotidiano impede de ser mostrado. Uma procura à qual, evidentemente, tento dar um caráter mais universal.

Nesta altura, é provável que o leitor se pergunte se a minha ideia de literatura não é um prolongamento da psicanálise. Respondo que, no divã do psicanalista, o paciente busca adaptar-se a limites individuais desenhados pela reorganização de sua própria história — seja adequando-se de modo mais confortável a papéis familiares e sociais ou buscando outros que impliquem ainda menos armadilhas neuróticas. A psicanálise é uma aventura na qual se entra para se chegar a algum lugar, embora não haja garantia de bom termo. Com a literatura, tal como a entendo, a aventura é diferente. Posso (podemos, caso haja leitor) descobrir que, por detrás de nossas máscaras, papéis ou mesmo do que julgamos ser essência, não há nada, absolutamente nada. Que somos seres sem face, cavaleiros inexistentes.

E isso não nos faz piores do que já somos.

Mario Sabino

OBRAS DO AUTOR

O dia em que matei meu pai (romance), Record, 2004. Traduzido em italiano (Frassinelli), espanhol (Del Nuevo Extremo, Argentina), francês (Métailié), holandês (Ambo Anthos), inglês (Scribe, Austrália e Nova Zelândia), coreano (Munhak Soochop) e romeno (Humanitas). Publicado em Portugal pela Saída de Emergência.

O antinarciso (contos), Record, 2005. Prêmio Clarice Lispector da Biblioteca Nacional.

Participação em antologias, jornal literário e revista:

"A mouth full of pearly truth" ("A boca da verdade") in *The Drawbridge*, edição nº 11, Londres, 2008.

"Not quite what I was expecting" ("Suzana") in *The Drawbridge*, edição nº 8, Londres, 2008.

"Um chapéu ao espelho" in *Recontando Machado*, org. Luiz Antonio Aguiar, Record, 2008.

"Da amizade masculina" in *Contos para ler na escola*, org. Miguel Sanches Neto, Record, 2007.

"Um beijo entre doish cocosh" in *Contos para ler em viagem*, org. Miguel Sanches Neto, Record, 2005.

"Um beijo entre doish cocosh" in *Argumento*, edição nº 4, Rio de Janeiro, 2004.

Este livro foi composto na tipologia Garamond, em corpo 13/18,
e impresso em papel off-white 90g/m²
no Sistema Cameron da Divisão Gráfica da Distribuidora Record